生活轻哲学

花の歳時記
四季之花

〔日〕长谷川棹 著
郑民钦 译

人民文学出版社
PEOPLE'S LITERATURE PUBLISHING HOUSE

著作权合同登记：图字 01-2018-5442 号

Original Japanese title: HANA NO SAIJIKI
Copyright © Kai Hasegawa 2012
Japanese edition published by Chikumashobo Ltd.
Simplified Chinese translation rights arranged with Chikumashobo Ltd.
through The English Agency(Japan) Ltd.

图书在版编目（CIP）数据

四季之花 /（日）长谷川樯著；郑民钦译. —北京：人民文学出版社，2020
（"生活轻哲学"书系）
ISBN 978-7-02-014897-4

Ⅰ．①四… Ⅱ．①长… ②郑… Ⅲ．①散文集 – 日本 – 现代 Ⅳ．① I313.65

中国版本图书馆 CIP 数据核字（2019）第 004755 号

| 责任编辑 | 甘 慧　王皎娇　何王慧 |
| 装帧设计 | 钱 珺 |

出版发行	人民文学出版社
社　　址	北京市朝内大街 166 号
邮政编码	100705
网　　址	http://www.rw-cn.com
印　　制	宁波市大港印务有限公司
经　　销	全国新华书店等
字　　数	120 千字
开　　本	850×1168 毫米　1/32
印　　张	10
版　　次	2020 年 5 月北京第 1 版
印　　次	2020 年 5 月第 1 次印刷
书　　号	978-7-02-014897-4
定　　价	79.00 元

如有印装质量问题，请与本社图书销售中心调换。电话：010-65233595

目录

冬之花

001　松球花

007　冬牡丹

013　水仙花

春之花

019　梅花 I

025　梅花 II

031　山茶花

037　猪牙花

043　樱花 I

049　樱花 II

055　樱花 III（垂樱）

061　樱花 IV

067　樱花 V（山樱）

073　桃花

079　郁金香

085　菜花

091　藤花

097　杜鹃花

103　丁香花

109　水芭蕉

夏之花

115　牡丹

121　蔷薇

127　石楠花

133　新绿

139　绣球花 I

145　绣球花 II

151　燕子花

157　花菖蒲

163　荷花

169　百合花

175	向日葵
181	紫薇

秋之花

187	牵牛花
193	木芙蓉
199	胡枝子
205	荞麦花
211	波斯菊
217	石蒜花
223	红叶Ⅰ
229	红叶Ⅱ
235	红叶Ⅲ
241	红叶Ⅳ
247	日本七叶树果实

各地之花

253 北海道
259 高山植物
265 镰仓
271 冲绳
277 蓬莱岛

文学之花

283 万叶集
289 源氏物语
295 奥州小道 I
301 奥州小道 II

307 后记 花与俳句

冬之花

松球花

松老金屏风，烤火过寒冬。

芭蕉

芭蕉在梧桐木的火盆里生火。他砍下筱竹，弯曲做成筷子，夹起熟炭，在座灯上点燃，或竖立或横放地叠架在火盆中间部分的灰坑里，炭火逐渐通红燃烧起来。凝视着无声的火焰，涌上心头的便是这首俳句。

元禄六年（1693）的一天夜里，孤屋、野坡、利牛聚集在江户深川的芭蕉庵。他们都是骏河町的钱庄越后屋的年轻伙计。金屏风上描绘的老松树，枝干苍虬，古色古香。轩昂遒劲的松绿与华丽而稳重的黄金。芭蕉吟咏的是富翁在宅邸里过冬的景象。越后屋的三个伙计大为感动。连生意场上俗气的金钱都能够作为素材创作出如此出色的俳句。于是，三人立志编纂俳谐撰集，这就是不久编纂的具有浓厚町人气息的《炭俵》。

大约4年前，芭蕉曾在乡下伊贺上野的弟子家里吟咏过"屏风画山过寒冬"的俳句。这首差不多已经被淡忘的俳句在那天夜晚脱胎变成光彩照人的作品。

火盆里开始燃烧的熟炭的火焰一定唤起了绿色的松树与耀眼的黄金梦幻。（此句收于《炭俵》）

松球开晚春，太阳高照向赤坂。

山上由利香（收于《古志》）

东海道御油至赤坂，沿途两旁至今还是松树成荫，与古时无异。晚春，笔直伸展的松树新芽著花。阳光照射在松花上，一直从御油照向赤坂。御油至赤坂 1.7 公里，是东海道中最短的驿站距离。芭蕉有句吟"夏夜月色明，离开御油去赤坂"，比喻夏夜之短暂。

琅玕凝暖翠，一月池沼横眼前。

石田波乡（收于《风切》）

琅玕是绿石，后代指绿竹。波乡此句以"琅玕"为诗眼，绿石也好，绿竹也好，令读者想象苍翠幽绿之色。此时，一湖未曾见过的池沼荡漾着深绿横亘在

四季之花

眼前。此句作于千叶县手贺沼。

初冬竹绿诗仙堂。

内藤鸣雪（收于《鸣雪俳句集》）

从宫本武藏与吉冈道场一派进行决斗的一乘寺下松稍稍往东山深处的地方，有一座与武藏同时代的文人石川丈山的草庵诗仙堂。穿过白山茶花低垂的小门，竹林间有一段缓缓的石阶。鸣雪是子规门生中的长老。凝练简洁的句风真实地表现出初冬竹林凛然之气。

住吉松下方清凉。

武藤纪子（收于《朱夏》）

盛夏烈日，作者站在住吉神社的老松树下，大概被一种生于斯世，今天又站在住吉的松树下吹拂凉风的不可思议感动于心。住吉之神是航行保护神，也是和歌之神。此句以"清凉"赞美神的化身松树。

松风竹风皆凉爽。

    佐藤春夫（收于《佐藤春夫全集》）

  佐藤春夫是著名的诗人、小说家。从7岁开始，终生吟咏俳句。此句对松树的风采、竹子的柔韧都了然胸中。如果改为"竹风松风皆凉爽"，就不成句。完全遵从芭蕉的"松之事向松学习，竹之事向竹学习"的教导。

冬牡丹

呼呼寒风空中行,绽开冬牡丹。

鬼贯(收于《荒小田》)

寒风吹着口哨从天空飞过。在稻草编织的粗糙的草帘子圈围里,反季节的牡丹花在寒风中颤动着柔弱的花瓣。

"空中行"的表现形式很好,当然也可以说"风吹",但这样就无法准确描写不在意地面、只是在高空吹刮横行的寒风的飒爽英姿。

鬼贯和芭蕉基本属于一个时代,伊丹酿酒商上岛家的三男,钻研学问,后在西国各藩的行政改革中展现身手。他与专心致志俳谐的芭蕉不同,在实业领域也出类拔萃。从其社会经历以及俳句来看,都给人沉稳的印象,感觉此人作为朋友足可信赖,作为敌人是棘手劲敌。

鬼贯留下毕生的名言是"诚之外无俳谐",具有真诚之心的俳句才是佳句。不要使用辞藻装饰空虚的内容,这是超越俳句的时代性教诲。

就此句而言,只有互不修饰的寒风与冬牡丹,然而,寒风和冬牡丹都形象鲜明。从此句可以联想到鬼贯的性格和为人。

今日冬牡丹,又是欲开不开状。
千溪(收于《松树那边》)

冬牡丹欲开不开,花瓣微微松弛。昨天也是如此,四五天前似乎也这样。由于天冷,花朵不能速开速谢。在寒冷的气候里,恰好遇上暖和的晴天,花瓣才逐渐解开。这是初夏的牡丹所没有的冬牡丹独特的情趣。

美好交往中,盛开冬山茶。
鬼贯(收于《七草》)

做到交往之美需要几个条件:首先互敬对方;其次不能和金钱纠缠在一起;第三是喝酒要适度。男女之间的交往往往很难。了解交往的好处,但需要时间才能使自己擅长交友。此时旁边有冬山茶花盛开。一个"冬"字,显得高洁。

四季之花

寒山茶，鲜红开一朵。

江口帆影郎（发表于《悬葵》）

  山茶树在寒冬先开一朵红花，这叫"初花"。"鲜红开一朵"这样一气呵成的语气渗透着作者对初花的爱怜之情。春色浓郁时，山茶花竞相盛开，但这无法欣赏只有一朵绽放的乐趣。只有寒山茶才能让人们享受如此心灵的奢华。

冬日寒山茶，朝阳片刻照。

直野碧玲珑（收于《碧玲珑句集》）

  早晨的阳光照射在山茶树上，只是片刻时间。读者想象一下院子里树木浓郁的背阴处，冬日早晨的温润阳光透过绿叶斑驳洒在山茶花上。如果是整天阳光充足的向阳处，则毫无情趣。

战败之国山茶花。

日野草城（收于《旦暮》）

此句作于昭和二十年初冬。当时正处在战败的沮丧与混乱之中，草城所有的家产都毁于空袭，强扶病体寄居于大阪和奈良交界的二上山山麓的村落。古时杜甫曾吟咏"国破山河在"。然而，日本俳人眼中的山茶花却是如此悲惨哀切。

水仙花

婴儿睁眼看水仙。

中田刚（此句收于《珠树》）

何等简洁流畅。一朵水仙花和一个婴儿。仿佛世界上除了这两样，就没有其他任何东西存在，年轻的父亲把其他所有的东西都已经抹去。

婴儿躺在小被褥上，刚才还在熟睡，不知什么时候睡醒了，睁开睡足后明亮的眼睛。大概有大人看不见的精灵在哄着他吧。他看着空中，追寻精灵的影子，不时独自微笑起来，手脚乱动。

婴儿的脸蛋朝侧面转去，拉窗的边上有一张书案，上面摆着小花瓶，插着一支水仙。顶上的花蕾如今刚刚绽开，微微低头朝着婴儿投去柔和的目光。六枚尖头的花瓣组成白色的水仙花，环绕出太阳的黄金花冠。

如同被圣母抱在怀里惊讶地看着天上照射下来的辉煌阳光的幼小耶稣一样，婴儿在清澈澄净的空气里看着水仙花。

一个生命、一朵花，都是在不久前才诞生到这个世界上。

水仙花高照日光。

　　　　　智月尼（收于《芭蕉庵小文库》）

水仙再高，也不过五六十厘米。然而，因为它笔直光滑的花茎和高贵的气质，才给予人们"高大"的印象。阳光照射在高高盛开的花蕊上。智月是近江蕉门的核心女俳人。

水仙如古镜，支撑六瓣花。

　　　　　松本孝（收于《续杜鹃杂咏全集》）

"古镜"指的是古代的金属镜子，以青铜等铸造，表面涂以水银和锡的合金，打磨，背面则多镌刻花草纹饰。也有的镜子外形模仿花朵，如"八棱"。所谓"如古镜"，说的是水仙花姿与花形的镜子相似。另外，模糊照人的镜面令人想到水仙花。

风雨送春来，水仙打水仙。

　　　　　矢岛渚男（收于《如船》）

四季之花

春天已近,风雨袭来,院子里的水仙东摇西晃。水仙的叶子打在花上,花瓣也打在叶子上。正因为水仙的叶子和花茎都长,而且富有韧性,所以才能说"打"。也就是说,由于找到"打"这个恰如其分的字,才能把水仙描写得活灵活现。有一种身在伸到院子里的书房玻璃凸窗内观看春天风雨的情趣。

解开水仙把,花儿颤巍巍。

渡边水巴(收于《白日》)

一把水仙,用湿稻草把根部扎住。早市就有这样扎成把的水仙放在木桶里出售。买回来以后解开稻草的时候,花儿微微颤动。这是水仙特有的弹跳似的颤动。花儿大多还是蓓蕾,也有几朵半开不开的花蕾。

水仙香溢白雪上。

千代女(收于《千代尼发句集》)

水仙花在白雪上散发着香气,此句素材仅此而已。首先以"溢"使香气下沉,再以"雪上"将香气捧起。通过这样的动作表现使水仙的香气变得如冰似水般清灵玉洁。

春 之 花

梅花 I

近江观红梅，今日义仲忌。

森澄雄（收于《浮鸥》）

寿永三年（1184）1月20日，木曾义仲被其堂弟源义经的军队赶出京城，在琵琶湖畔的栗津战死。在战斗中，他最终也与一直跟随自己的同奶兄弟金井兼平失散，单骑逃往栗津的松原途中，坐骑深陷薄冰冻结的泥田，无法动弹，进退两难，被敌军发现，阵亡。只有30岁。

500年后，在大阪猝死的松尾芭蕉的遗骸用船沿淀川运到上游的栗津，葬于义仲寺。义仲寺是为缅怀义仲而修建的寺院。芭蕉留有遗言，决定自己死后葬于该寺。

芭蕉大概对义仲怀有崇敬之心，以至于希望自己与他葬于一处。原本出生于木曾山间，却在魑魅魍魉盘踞的京都天真地横冲直撞的一个年轻人。虽然精通兵法，却一直被后白河天皇老辣的阴谋权术玩弄于股掌之上。也许芭蕉对这种如新竹般健壮的灵魂深感惋惜。

又300年之后，森澄雄数次到近江旅行，留下诸多秀句。此句吟咏在义仲忌这天绽开的一支红梅。寿永三年1月20日为阳历春3月11日。

乡间人家皆熟睡，冬梅次第开。

惟然（收于《梅樱》）

芭蕉死后，其弟子各自继承先师的部分思想，分道扬镳。惟然和尚坚持芭蕉的行旅道路，云游四方，从《奥州小道》的东北地区一直行走到芭蕉未曾到过的九州。此句吟咏于丰后日田。描绘早晨雾霭中的乡间人家和开始逐渐绽开的梅花。

山村"万岁"晚，却见梅初绽。

芭蕉（收于《瓜畠集》）

这是芭蕉故乡伊贺上野的春景。"万岁"，是年初挨家挨户在门口击腰鼓边唱边舞庆贺新年来临的乡间艺人。此句是说"万岁"来到山村的时候是在正月已过很久以后。从初开的梅花之间可以看见

四季之花

艺人在住户门前卖艺的情景。句风悠然自如，从容不迫。

倒灰墙垣下，白梅显朦胧。

凡兆（收于《猿蓑》）

把灰倒在墙垣下，灰飞扬起来，使白梅显得朦胧。倒灰之前的白梅是澄净的洁白，蒙上灰以后的白梅是略显朦胧的白色。此句抓住了色调的微小变化，所倒的灰大概是冬天的火炉或者火盆里的炭灰吧。"倒灰"和"朦胧"都含带着对春天来临的喜悦心情。

月夜白梅返枯木。

芜村（收于《芜村句集》）

盛开的白梅沐浴着如水月色。然而，看上去仿佛所有的白花都消失在月光里，返回到开花之前的枯木状态。明明眼前是怒放的白梅，却由于月光的作用，看似枯木。这是何等的神秘，具有敏锐而强烈的可怕气势。

水鸟嘴粘梅花白。

野水（收于《阿罗野》）

水鸟寻找食物，被水濡湿的喙上粘着一片白梅花瓣。岸边有梅花树，落花漂浮在水面上。春色渐浓，池塘的薄冰开始融化，水温上升，水鸟也显得兴高采烈。野水是名古屋人，曾师从芭蕉一段时间。

春之花

梅花 Ⅱ

院里梅花开,青鲛游过来。

金子兜太(收于《游牧集》)

青鲛(灰鲭鲨)那家伙游过来的时候,大海立刻安静下来。蓝色的浪潮变得更蓝,轻波细浪都恐惧颤抖,水里的精灵不敢吱声,迅速让出一条路,那家伙从中穿过,如蓝色的影子般无声无息地前行。

它即使身在印度洋,也能嗅出阿拉弗拉海的血腥。尖头翘起如军刀的牙齿。那5米长的巨大身躯时而悠然悠哉,时而击水猛进。

最令人无法承受的是那家伙的眼睛。那是一双冷漠无情的眼睛,仿佛即使人在它眼前被杀,也不动声色。无论多么勇敢的士兵,只要看一眼逼近而来的眼睛,大概都会如少女般浑身冷汗直淌吧,而且令人想到老人临终时那一双恐怖的眼睛。

早春的一天清晨,作者醒来后,站在廊子上,看见几道狰狞凶猛的青黑色影子在院子里游动。这个时期,虽然已是春天,武藏野北部一带早晚还是春寒料峭。两株白梅刚开七分,似乎是梅花的绿色冷影把那家伙召唤来。

然后，作者像什么都没看见一样，慢慢地吃过早饭，和往常一样出门去东京上班。

红梅一枝开，曲里死者声。

宇佐美鱼目（收于《草心》）

能乐中，死者亡灵出现在立志游遍各国的云游僧面前，向他滔滔叙述自己生前的怨仇爱恨。仔细侧耳倾听所唱的谣曲，感觉从远方传来一个死者的声音。起先极其细微，而后逐渐增大，朗朗唱起"井口圆，圆水井，咱俩比高井栏杆。多时不曾见君面，我自长高过井栏"。（《井筒》）一枝红梅宁静地站立在死者声音回荡的空间里。

梅花尚未开，观赏独一人。

永井荷风（收于《荷风句集》）

尾崎红叶、幸田露伴、夏目漱石、中村吉右卫门……这些过去的文人、歌舞伎演员都创作有好的俳

四季之花

句。他们为此认真钻研,荷风也是其中一人。此句凸显了荷风的性格,独自凝视着还是坚实的蓓蕾,期盼着春天的来临。只有我这样的人,才会喜欢、欣赏枯木般的梅花树,而我对花儿盛开的梅花树不感兴趣。

掌灯照梅树,背面看花多。

晓台(收于《晓台句集》)

"背面看花"是指欣赏背面的花姿。白梅深深沉入黑暗里,掌灯一照,花瓣的黑影顿时消失,花儿的白色形态格外显眼。似乎所有的花儿都背面朝人。对梅花背面的花姿感兴趣体现出日本人喜欢朴素淡雅的平面胜过寓意复杂的东西的审美意识。晓台是名古屋人,与芜村关系密切。

梅花与嫩菜,鞠子旅馆山药汁。

芭蕉(收于《猿蓑》)

元禄四年(1691),芭蕉在大津过年。正月里,为送行即将前往江户的弟子乙州而吟咏连句。此句为该连句之发句。你即将前去东海道，大概能看到盛开的梅花、嫩菜的青绿吧。噢，对了，还有鞠子的旅馆（今静冈市丸子）的山药汁味道也很美，别忘了去品尝。

梅开东海道，无处不著花。

成美（收于《成美句集》）

芭蕉吟咏"梅花与嫩菜"120年后，江户浅草藏前的扎差[1]成美吟咏此句。从京都通往江户的东海道，一路上梅花盛开。此句仿佛感觉作者看遍道路两旁的灿烂花景，其实成美因为腿脚不便，从未离开过江户。他还是小林一茶真诚的资助者。

1　扎差，江户时代，承包为旗本、御家人领取禄米并将其兑换成现金的住在浅草藏前的商人。

春之花

山茶花

花瓣肉娇柔，谢落山茶花。

　　　　　饭田蛇笏（收于《心像》）

"肉娇柔"的表现是何等的生动逼真啊！明确地说，是何等的色情性感啊！谢落地上的一朵鲜红的山茶花，乍一看，仿佛是别样的东西，可是再仔细辨认，就是一朵真真切切的山茶花。

"娇柔"这个词暗示着表现物的厚度、肉的厚度，不用于表现单薄之物。例如花，樱花、牵牛花的花瓣就不适合使用"娇柔"这样的辞藻来表现。它适用于肉厚的花，例如百合、蔷薇、秋海棠，尤其用以表现山茶花，可谓天衣无缝。

此句并非蛇笏的年轻之作，而是昭和二十一年、他花甲之年的作品。那时的他，经历过狂风暴雨的青春时代，在世界大战中幸存下来，儿子有的病死、有的阵亡，知道人生的喜悦，更尝遍人生的悲惨辛酸。

即使"娇柔"这一个词语，作者也在深刻理解其深邃的含义之后，轻轻地置于作品之中。这种妙技绝非年轻人所能为。

蛇笏老而弥艳。

鹎鸟喙含山茶花。

浪化（收于《恋别丧期》）

鹎鸟虽栖息于浅山树木之中，城里的院子、公园时而也能见到它们的身影。鹎鸟喜食果实、昆虫，大概也吸食花蜜。"喙含"的表现，仿佛可以看见鹎鸟的尖嘴和尚未全开的山茶花。浪化是芭蕉的门人，是东本愿寺法主的小儿子，后成为越中井波的古刹瑞泉寺的住持。

山茶树林，倾斜向黑潮。

高滨年尾（收于《年尾句集》）

生长在海岸斜坡上的山茶树林的形态如同朝着大海探出身子。经过江户时代园艺师的精心培育，人工栽培出各种颜色和形状的山茶花。然而，当遍赏华丽多姿的山茶花之后，发现其实最能打动人心的还是原种的单瓣红山茶。如果来到此句所描绘的海岸山茶树林，一定可以看到原种的山茶花。

四季之花

埋在大雪里，山茶红艳开。

村上鬼城（收于《定本鬼城句集》）

遭到春天大雪的袭击，山茶树被白雪覆盖。埋在大雪里，却依然开着花。"埋"是入木三分的刻画，雪中的山茶花表现出刚毅坚定的精神。如果使用"覆盖"、"积雪"这样的词汇，那只是肤浅表面的描写。山茶树叶的深绿与雪的洁白、花的鲜红也搭配得当，相得益彰。

山茶花儿多，游戏"挤香油"。

阿波野青亩（收于《甲子园》）

"挤香油"是小孩子们玩的游戏。就这一词将许多花朵拥挤在一起、被风吹得互相轻轻推搡的形态生动地表现出来。摇动的每一朵花都显得十分快乐，这也正是"挤香油"这个词汇的传神表现吧。兴高采烈地玩挤香油游戏的孩子们的神态与山茶花重叠在一起。

盛开幽暗些,夕暮山茶花。

日野草城(收于《花冰》)

有一个词叫"花明",说的是樱花、桃花能把周边照亮。相比之下,山茶花不是樱花、桃花那样明亮的花儿,甚至给予人们阴暗的印象。那略含墨色的鲜红的花瓣、郁郁葱葱茂盛的深绿色又厚又硬的树叶、周边清冷的气氛,夕暮时分尤显幽暗。

猪牙花

春光普照猪牙花，叶、花、叶与花。

石井露月（收于《露月句集》）

一看到"叶、花、叶与花"，就立即想起这样的名句：

棣棠啊，叶、花、叶、花、叶。（太祇）

炭太祇是芜村的亲密朋友。在他一个半世纪之后的露月吟咏猪牙花的俳句写出"叶、花、叶与花"，也许是借用太祇吟咏棣棠的俳句。

不过，同样是吟咏"叶、花、叶与花"，二者情趣各异。太祇是描写棣棠一枝上并排生长的花、叶的优美形态，恰似描绘在金屏风上的棣棠花，可谓俳谐的琳派[1]。

露月的吟咏猪牙花的俳句则是文静的"叶、花、叶与花"。春天，猪牙花在残雪融化后的杂树林里破土萌生，绽开出冷焰般淡紫色的花。在树林的嫩芽逐渐变成深绿的初夏，猪牙花便无声无息地

1　琳派，日本江户时代的画派。始于本阿弥光悦和俵屋宗达，在尾形光琳、乾山兄弟、酒井抱一等继承后，形成重要的一个流派。以大和绘为基础，具有强烈的装饰性风格。

消失，变成地下深处的白珠，一直安睡到明年春天的来临。此句描绘出一幅沐浴着早春阳光的猪牙花的水彩画。

露月是秋田人。年轻时在东京学医，后回乡行医。俳句学于子规。露月所吟咏的大概是开放在春天姗姗来迟的北国故乡野地里的猪牙花吧。

风吹拉拽坚香子。

石田胜彦（收于《鸥》）

猪牙花大开以后，花朵微微低垂，六片纤细的淡紫色花瓣如耳朵一般后翘。风一吹，仿佛把花瓣向后拉拽一样，像是男孩子拉拽女孩子的辫子那样调皮的感觉。"坚香子"是猪牙花的古名。

猪牙花一朵，一朵花盛开。

高野素十（收于《野花集》）

四季之花

"花盛开"一般指的是群花绽放、争奇斗艳的状态,但素十在这里用的是"花一朵"。作者只着眼于花团锦簇中的一朵,赞美它旺盛坚强的生命力。猪牙花不是牡丹花那样的大朵,正因为是野地里的小花,所以"花盛开"格外显眼。

近处原野摘堇菜,只为住一宿。

> 守武(收于《怀子》)

《万叶集》中收有山部赤人这样的和歌:"春天原野里,我来摘堇菜。原野多眷恋,乘此住一宿。"后人一说到堇菜,就想起这首和歌中"原野多眷恋"、"住一宿"的表现。守武此句是对赤人和歌的调侃,说是去摘堇菜,其实故意是为了住一宿。此人不愧被尊为俳谐始祖之一。

堇菜色浓重,混入黑土难辨认。

> 山口誓子(收于《激浪》)

堇菜的颜色从白色到黑紫色，各种各样，对堇菜的印象也因色彩的浓度而发生变化。白色的堇菜有一种薄幸的感觉，黑紫色的堇菜感觉其中流淌着浓厚的血液。此句吟咏的是混在肥沃的黑土里难以辨认的黑紫色堇菜，赞美颜色之深，赞美花的生命力。

手中堇菜花，不觉丢失了。

> 松本孝（收于《鹰》）

从原野归来途中，忽然发现手里拿着的堇菜花没有了。大概不知不觉间滑落掉了吧。当然，不仅仅是堇菜，手中的东西无意间遗失的情况也常有发生。此句将深深的忧愁寄托于堇菜花。

樱花 I

山樱著颜色，明日定绽开。

坂内文应（收于《方丈》）

即将开花的山樱。作者时常凝视着蓓蕾，愉快地等待开花的日子。看这样子，明天一定会开花。这断然的语气传递出作者激动的心情。

春天来临时节，山樱的树皮变得滋润光亮，花芽鼓起，不久花苞丰盈，花萼裂开，花瓣露出来。与花芽同时萌出的还有柔软的嫩叶。

嫩叶的颜色有绿色、红色、金色，不尽相同。再仔细观察，每棵树都略有相异。嫩叶与花色相通，绿色的嫩叶开出的花粉白淡雅，红色的嫩叶开出的花浅红淡粉。这定然是山樱树的生命力化作花和叶的颜色的表现。

山樱树在花与嫩叶萌发之前就包裹着与花、嫩叶一样的色光。山樱树的这个色光无疑也是等不及花与嫩叶的萌发而迫不及待流溢出来的树木的生命力。

有一个动词叫"匂う"[1]，现在只是用它的名词

1　匂う，意为散发出芳香的气味。

形，但其古意是指内部的生命力抑制不住地往外发散的一切东西。不仅仅只是香气，花色、嫩叶的颜色，以及开花之前包裹着树木的色光也都是"气息"。所谓"明日绽开的颜色"，无疑就是山樱在即将开花之前所蕴藏的花的生命力的"气息"。

花信始于纪三井。

　　　　　　高滨年尾（收于《年尾句集》）

纪三井寺在和歌山市，寺院里有三眼灵泉，故称三井寺。因大津也有三井寺，故称纪州的三井寺、纪三井寺以示区别。寺内的樱花树大概最早开花，因其种植的是早开的樱花树，每年3月下旬。该寺是西国33所观音灵地的第二名刹。

红气弥漫开花前。

　　　　　　山口誓子（收于《不动》）

开花之前，樱花树弥漫着红色的空气。从"红

四季之花

气"二字来看，此句的樱花树肯定是染井吉野。染井吉野与山樱不同，先开花，花谢后才萌生嫩叶。是为了纯粹赏花的园艺品种，缺少花与嫩叶同时萌发的山樱那样暖人的气质。

初花何时开？如月八日吧。

芜村（收于《芜村句集》）

"愿在花下死，如月望日时。"西行法师希望自己在释迦牟尼佛圆寂的如月望月时死在盛开的樱花树下。如月是阴历二月，大约是阳历的三月。芜村戏谑道：如果阴历十五盛开，那么第一朵大概会在八日绽开。芜村将西行的一代名作趣味盎然地改为俳谐。

初花轻影不映水。

日野草城（收于《昨日之花》）

一朵两朵，刚刚绽开的樱花。花姿是否能在树下的池水里映照出来呢？作者探头一看，没有看到花影，只有幽暗的池水在轻轻荡漾。如果是盛开时节，池水会被花色晕染发白，而一两朵初花不可能在池水里凝结花影。这是初花的花影轻微。

拥挤过海樱花声。

川崎展宏（收于《义仲》）

此句作于本州的北端津轻。樱花一路北上，在这里一起发出声音渡过津轻海峡。凝视着被大海阻隔的北方地区的樱花，仿佛真真切切地听见在呼啸的风声中掺杂有拥挤着过海的樱花的声音。这是一路向北前进的樱花的生命力。

樱花 Ⅱ

满开未见一花落。

> 高滨虚子（收于《虚子句集》）

这是昭和三年（1928）4月8日虚子参加在镰仓稻村崎某人的别墅里举办的句会上的投稿。4月8日是释迦牟尼的生日，也是"花祭"。句会结束之后，大家到附近寺院参拜花佛堂[1]。

首先，吟咏"满开"一出口，眼前立即浮现出一棵璀璨盛开的樱花树。随着数次的吟咏，樱花逐渐扩大，越开越多，越开越大，此句的天地越来越开阔，脑子里浮现出全日本、乃至全世界都是樱花绽放的幻象。然而，每一朵花容花姿都清晰可见。

要是说到"满"，千年之前的藤原道长这样吟咏：

应思此世为我世，常如满月不亏缺。

道长的和歌将满月作为赞美自己荣华富贵的比喻道具。

与之相比，虚子的俳句赞美花的宇宙本身，简直就是一幅花的曼陀罗。

---

[1] 花佛堂，4月8日浴佛节时，参拜安放有释迦牟尼诞生时的佛像的小佛堂。佛堂内装饰有鲜花。

曼陀罗既是宏观也是微观的东西。它所描绘的是佛教辽阔的整体宇宙形象，同时无处不在的无数具体佛像的千姿百态都清晰可见。

樱花飞雪落缤纷，能乐开始归宁静。

　　　　六世野村万藏（收于《六世野村万藏句集》）

在缤纷的落花中，能乐的演出开始。一听见谣曲和伴奏的乐曲，立即安静下来，鸦雀无声。狂言师六世野村万藏（昭和五十三年殁，享年80岁）于昭和四年（1929）秋入高滨虚子门下，终生创作俳句。他第一次拜访虚子的俳句是"片刻之后再望月，又比刚才高"。上述两首都是以轻快的狂言台词为基础。

薄墨樱，巨树有巨魂。

　　　　　　　金子青铜（收于《三伏》）

薄（淡）墨樱是生长在岐阜县根尾谷的樱花古木，据说树龄1500年，是圣德太子时代的一粒种子

四季之花

发芽生长起来的。现在这棵树的树干要几个人才能合抱过来，但由于难以承受树枝、树叶和繁花的沉重压力，树干缩进地里。经年树木，会有灵魂。薄墨樱的体内存在着年老而巨大的灵魂。

静看樱花落，水灵出羽国。

　　　　　　　　石田波乡（收于《风切》）

秋田县、山形县一带，古称出羽国。波乡此句吟咏出羽国的樱花匆匆凋谢的景象。等到积雪消融，那雪国春天的美丽、空气的清朗正是"水灵"的感觉。此句的语言具有如同从火车的车窗里观看落花缤纷那种迅速离去的速度。

花开漫溢处，流向大海雄物川。

　　　　　　　　森澄雄（收于《浮鸥》）

雄物川发源于出羽山脉，流经横手盆地、秋田平原，注入日本海。此句以"流向大海"断句，如同流域中的樱花变成雄物川的水流涌向大海。此句将芭蕉的"热日入海最上川"中的最上川换成雄物川，将太阳换成樱花。

摇摇晃晃走过来，肩扛樱枝月色明。

道彦（收于《小夜之月》）

大概是赏花归来的人们吧。他们一边仰望着明月，一边从江户郊外往市内陆陆续续地走去，肩上扛着樱花树的大树枝。"摇摇晃晃"不仅描写出春天朦胧月色里树枝的摇晃，也表现出尽兴观花、尽兴饮酒的赏花人的心情。道彦和一茶是同代人。

樱花Ⅲ（垂樱）

梦殿垂樱开。

　　　　　松濑青青（收于《妻木》）

　　佛堂是梦的器具。这是多么出色的构思啊！又是多么美妙的语言啊！

　　梦殿是一座八角形的小佛堂，释迦牟尼从空中的一点落下的薄绢被风吹起，向八方张开，由地面挺拔伫立的一根柱子支撑起来，已经历时1300年的岁月。

　　典雅的八角屋顶是模仿青铜镜背面的八瓣花卉的形状。紧闭的门扉和洁白的墙壁如披挂的姿容，令人想起犹如可以托在手掌上的坚固的珠宝盒。幽暗的佛堂内安置着观音菩萨立像。据说这尊立像是模仿圣德太子的姿态。

　　法隆寺的东边，往昔有圣德太子的宫殿斑鸠宫。太子死后110多年，在此地修建梦殿。传说太子梦见释迦牟尼佛向他讲解佛经，故而称为梦殿。倘若如此，真正的主佛应是梦。

　　梦殿的右边背后，有一株垂樱古树，不知种植于何时，年年繁花似锦。此句吟咏恰好看见其盛开的喜悦。似乎秘藏着樱花树枝从梦中向世间低垂下来的梦幻。

　　垂樱初花开，低首不摇晃。
　　　　　　　　清原拐童（收于《拐童句集》）
　　樱花中，垂樱格外艳丽。长长垂下的枝条在似有若无的微风中轻轻摇晃的景象最富情趣。此句吟咏的是垂樱的初花，才刚刚绽开两三朵，没有随风摇摆，只是静静地垂着枝条。拐童是虚子的弟子，柳川人。

　　丝樱静低垂，尚未花明时。
　　　　　　　　　宫津昭彦（收于《来信》）
　　"花明"是说花瓣仿佛泛出微光，把花儿周围映照出淡淡的明亮。无论白昼夜晚，都有这样的现象。此句说的是白天，初花绽开的丝樱，有一种上午空气清新的气息。丝樱是垂樱的别名，但使用"丝樱"这

四季之花

个词语，令人感觉花儿和枝条都更加细长。

行旅日暮投宿处，漏雨似丝樱。
　　　　　　芜村（收于《芜村句集》）

平清盛的弟弟忠度有一首名歌："行旅日暮宿树下，今宵樱花是主人。"芜村的俳句是这首和歌的翻版。行旅途中，天色渐暮，于是投宿旅舍。不巧忽降骤雨，偏偏房间漏雨，感觉自己站在雨水顺着花枝流淌下来的丝樱下面。既然要冒充忠度，也只能这样勉为其难。

三千僧侣减少后，静看丝樱开。
　　　　　　　　　　阿波野青亩

以牡丹著称的长古寺也是樱花之名刹。开山以来1300年，作为观音菩萨寺院深受信徒的信仰，香火旺盛，殿堂佛堂一度曾遍布初濑山山腰。但后来因多次失火，数量锐减。即便如此，现在依然是一座大寺。此句似是对丝樱垂下花枝的往昔的追忆。

湛蓝天空落垂樱。

富安风生（收于《松籁》）

千叶县市川市真间的弘法寺有垂樱古树。此句是仰望垂樱时的吟咏，所描写的就是春日的蓝天和盛开的垂樱。色艳风静，只有一个"落"字形成动感。仿佛樱花从天空络绎不绝地飘落下来。

樱花 IV

> 东大寺汤屋，落花上空飘过去。
>
> 　　宇佐美鱼目（收于《天地存问》）

　　春风骀荡的气氛。飞到哪里去呢？一群花瓣泛着白光在东大寺汤屋上面辽阔的蓝天中飘飞过去，也可以说是赤足走在纷飞的花瓣上的感觉。太阳高高地撒下柔和的金光，暖暖的风。

　　这种气氛的源头似乎来自"东大寺汤屋"这个无可比拟且豁达的词语的回响。东大寺汤屋是从大佛殿的后面通往二月堂的小路右边的建筑物，正确的名称是大汤屋。前面是歇山屋顶，后面是山形屋顶，二者组合的长屋顶形态十分优美。

　　大汤屋，名副其实，就是浴室，而且是蒸汽浴。里面安放着直径2米多的铁浴盆，把水烧热，整个浴室充满热气。源赖朝修复东大寺时重建的浴室，据说当年的建筑工人们也在这浴室里洗蒸汽浴。

　　如果再深入探寻此句所营造的气氛的由来，大概可以追寻到"汤"字。沸腾的热水如白珠摇动跳溅的明亮，还有"yu[1]"的声调的柔和。正如过去从"汤船（浴盆）"腾涌而起的白色热气，从一个"汤"字中升起春天的明媚气氛。

　　花守午餐后，一碗白开水。
　　　　　　　　小寺敬子（收于《花木》）
　　花守是看守樱花树的人。谣曲中经常出现的以老人或者儿童的形态出现，但说不准是花守还是花精。在现实中则是院子里种植有樱花树的主人或园艺师。此句中的花守吃过午饭后，正在喝白开水。一碗白开水产生清新的印象，令人想象出一个老樱花树精那样的白发老翁。

　　樱汤远处是风云。
　　　　　　　　友冈子乡（收于《翌》）

1　汤的日语发音为"yu"。

四季之花

摘下八重樱的花瓣，用粗盐腌一下，叫做"樱渍"。把一朵樱渍放在碗里，倒入开水，叫做"樱汤"。樱花在热水里绽开，不仅形态优美，而且花香四溢。作者嘴里含着樱汤，抬头眺望天空中随风飘动的云彩，弥漫在他脸上的樱汤热气似乎也化作了云彩。

　　我来观樱花，万千往事绕心头。
　　　　　　　　　　芭蕉（收于《笈之小文》）
　　一年春天，行旅之中的芭蕉来到故乡伊贺上野，应藤堂家主之邀，前往其别墅赏樱。芭蕉年轻时，曾仕于前任家主良忠（蝉吟），共享俳谐之乐趣。蝉吟25岁早逝。芭蕉面对昔日令人怀念的樱花树，万千思绪涌上心头。在几万首吟咏樱花的古今俳句中挑选一首的话，非此句莫属。

　　亦见草履踏花瓣，晨睡尚未起。
　　　　　　　　　　芜村（收于《芜村句集》）

此句前言云"访难波人之木屋町投宿处"。有大阪朋友来京都赏花，投宿于木屋町的旅舍。作者前去探望，发现他还在呼呼大睡，房间里摆着一双草履，草履上还粘着花瓣。看来昨天到处赏花，很晚才回来，有点劳累。

冰室山北看樱花。

松濑青青（收于《妻木》）

过去将冬天的冰雪储藏到夏天的储藏室叫做冰室。冰室一般都是在终日不见阳光的山坡北面开凿洞穴。冰室周边的樱花到入夏后才绽开。已经满山绿叶的山冈，但转到冰室的北面山坡，却能看见盛开的樱花。"冰室樱花"是初夏的季语。松濑青青是大阪人，与子规同代。

春之花

樱花 V（山樱）

> 谷底落樱飞上来，一片吉野建。
>
> 　　　　　饴山实（收于《浴花》）

樱花胜地当数吉野山。吉野山的一道山梁的两旁，土特产商店、旅馆鳞次栉比。这种地形的建筑物，与道路毗连的层面的下面还有几层，从路上看是平房建筑，但是从山谷那面看过来，就是三层楼、四层楼的建筑。这叫做"吉野建"。

樱花坛是建于大正十四年（1925）的吉野建旅馆。倚靠在大厅廊子的栏杆上，隔着山谷，遥望对面山腰的如意轮寺的二重塔小巧玲珑似可托于掌上。花开时节，从山脊到谷底，漫山遍野都是樱花，旅馆的整个大厅仿佛浮在花上的感觉。

西行法师深入花山赏花，其实观赏吉野樱花的方式不仅这一种。樱花刚刚凋谢时，一阵风将花瓣从谷底吹起来，沿着吉野建的玻璃门飞向天空。说到"花吹雪"，一般是说花瓣从空中飘落下来，而位于尾根町的吉野山则是花瓣从谷底飞上天空。这个景象被命名为"梦中落花"。这才真正是吉野赏花的妙不可言之情趣。

梦中落花能否出现,只能看当天樱花的心情,往往难得一见。所以才说是"梦中"。

连声啊、啊发赞叹,花满吉野山。
　　　　　　　　　　　贞室(收于《本草》)

安原贞室是江户时代初期人,此句是他的代表作。看着漫山遍野的樱花,除了发出"啊、啊"的赞叹声外,没有其他合适的表达。后来到吉野山的芭蕉说"思贞室之连声啊啊发赞叹,余不得成吟"(《笈之小文》),称赞前人的俳谐,称赞吉野山的樱花。

旅次眠花荫,感觉似谣曲。
　　　　　　　　　　　芭蕉(收于《笈之小文》)

芭蕉在《笈之小文》旅行时,前往吉野山途中,借宿农户。此句前言写道:"主人情意深切,热情款待。"这里的谣曲指的大概是《忠度》。这是世阿弥根

四季之花

据平家武将、歌人平忠度的"行旅日暮宿树下，今宵樱花是主人"的和歌创作的著名谣曲。

　　小片铠甲留遗物，湮灭成花尘。
　　　　　　　　　　川崎展宏（收于《观音》）
　　如意轮寺收藏有楠正成长子正行的铠甲的小铁片。正行在其父阵亡后，担任南朝军队的总帅，但在四条畷兵败自刃。年仅23岁。他用箭矢在正堂的门扉上刻下一首誓死决战的和歌："征战本不思生还，梓弓射尽留英名。"[1] 连缀铠甲片的细绳原色大概是红色，现变成铁锈色，残缺不全。真是灰飞烟灭成花尘。

---

[1] 此歌原文是"かへらじと　かねて思へば　梓弓　なき数にいる　名をぞとどむる"，意为出征上阵就做好阵亡的准备，我将如梓弓射出的箭矢一样决不回头，与众多战死的士兵一起为伍，留下英名。梓弓，梓木制作的弓。"いる"是双关语，既是"有"、"在"的含义，即与阵亡的士兵在一起；又有"射る"的含义，即如射出的箭矢决不回头。"英名"指的是全体战士的英名。

赤足草鞋行脚僧，花山游云水。

坂内文应（收于《方丈》）

赤足穿着草鞋的行脚僧在花山阔步行走。在山路上健步如飞，体态轻盈。这里的"游"不是"游玩"，而是说在别人眼里，看似游玩。"赤足草鞋"、"云水"，语调也如云水般流畅清爽。

吞云吐花吉野山。

芜村（收于《芜村句集》）

此句也可以理解为吉野山樱花如云的景色，其实写的是暴风雨。前言写道："离开吉野山这一天，疾风暴雨，满山飞花不留春。"所以，这里的"云"是乌黑的雨云。落花在乱云飞渡的天空下飘飞迷惘，今年的花事也就此终结。

春之花

桃花

如是答：花是桃花，僧是法然。

　　　　　川崎展宏（收于《观音》）

净土宗开山之祖法然上人提倡末法时期专修念佛，建历二年（1212）1月25日走完80年的人生。兼好法师在《徒然草》中记述这位先贤的语录。

"有人问法然上人：'念佛时，如发困，怠于念佛，如何克服此障碍？'法然上人回答道：'那就在清醒的时候念佛。'何等宝贵的教诲。"（第39段）

想睡的时候就睡，醒过来以后再念佛。如春潮汹涌般的豪放且肯定人性的思想才是贯穿法然人生的主流。

此句的前言是"随心所问"。有人问："您喜欢什么花？"法然上人立即回答："花是桃花，僧是法然。"桃花艳红，在其映照下，法然显得丰盈多姿，感觉当僧侣都有点可惜。

法然主张只要念佛就会得救，在传统佛教不予重视的武士、平民、女性中如水渗透一样迅速扩大。还有的女性像恋人一样皈依法然。"花是桃花，僧是法然"听上去也像是女性的声音。

白桃蓓蕾有鸟脸。

大江丸（收于《俳忏悔》）

一说"桃"，现在一般指"桃子"果实，但在江户时代的俳谐里指的是"桃花"。同样，"梅"指的不是"梅子"，而是"梅花"。此句中"白桃"指的是白色的桃花。如果在圆鼓鼓的蓓蕾上画上眼睛和鼻子，就是一个活灵活现的鸟的头像。大江丸与芜村生活在同一时代，大阪人。

身穿平常服，平常心态看桃花。

细见绫子（收于《桃是八重》）

桃花在荒废的村子、荒废的住宅、荒废的院子里依然开放。桃花在乡村是极其普通的花，在城市也是令人怀念的花，"平常服装平常心态"是作者的愿望，就是每天外表朴素内心朴素地过日子。细见绫子于平成九年去世，享年90岁。碎白点花纹的和服对她来讲十分合适。

四季之花

小孩船舷照水明，正是桃花开。

小寺敬子（收于《花木》）

水光映照着坐在船舷上的小孩子。水流舒缓，或是湖泊，或是河流。这大概是一幅桃花盛开时节浮舟游玩的景象吧。从船舷探出身子的是男孩子还是女孩子呢？清秀的身子在水光的映衬下仿佛透明一样，也许这是水光凝结的船上幻影。

胖妻稳站桃花下。

石田波乡（收于《春岚》）

大伴家持有和歌吟咏道："春苑映红艳，桃花泛光照树下，少女立路上。"波乡此句可以视为家持这首和歌1200年后的后续。往昔那个站在路上映照着桃花亮光的少女，如今已成为我的妻子，健硕成熟的身躯正稳稳当当地立在桃花下休憩。

桃花即便、即便开，依然料峭寒。

支考（收于《松涛》）

桃树在晚春4月，就是阴历三月开花，这个月的3日是桃花节（女儿节）。这个季节一般是风和日丽，有时也会倒春寒。"即便、即便"的表现手法仿佛用红颜料粗暴地涂抹出桃花，那红色在春寒料峭中燃烧得分外鲜艳。

春之花

郁金香

绽开郁金香，轻微相触碰。

三村纯也（收于《Rugby》）

请给我 30 枝白色的郁金香并把它们捆成一束，要身材高挑的，别把它们剪短，就这样保留着。也不要和满天星等别的花混在一起，就是清一色的郁金香。然后用透明胶带裹起来，有深蓝色的缎带吗？系上。

整夜的春雪覆盖着东京，第二天午后，我在神宫前的外苑西大街的花店里，进来一位身穿黑色开司米长大衣的女性。她在弥漫着清冷花香的店里，迈过水湿的地板，走到店员身边，要求买一束白色的郁金香。

各种颜色的郁金香分别放在马口铁的花筒里，有绸缎般的粉红、鲜红飞沫斑驳的黄色、透明般的猩红、含带火焰的黑色。店员从花筒里抱出所有的郁金香，放在作业台的玻璃花盘上清点数量。

水灵灵的柔韧的长条白色郁金香，用透明胶带包束起来，再系上蓝色的缎带。这期间，花与花轻轻触碰，发出积雪摩挲般的声音。那位女性穿着长大衣的手臂像怀抱白色大鸟一样抱着花束消失在积雪的街头。

  缺席表歉意，送上十二郁金香。
后藤日奈夫（收于《花瓣柚子》）

  本打算自己带去的郁金香花束，因故缺席，为表歉意，托人送上。12枝郁金香是送给什么人的什么样的贺礼呢？如果是蔷薇，大概可以想象是比较庄重的场合。郁金香应该是朋友之间轻松的聚会吧。花虽不语，本身就十分雄辩。

  猫儿走过去，不瞧一眼郁金香。
小田七重

  猫这种动物，对不感兴趣的东西，根本看不见。这么说，大概猫会生气，那就换一种说法：猫这种动物，对不感兴趣的东西，装作看不见的样子。花坛里的郁金香开得那么漂亮，那只猫，完全目中无"花"，

四季之花

面无表情地走过去。

　　肌肉全开郁金香。
　　　　　　　　　　川崎展宏（收于《秋》）
　　郁金香刚刚开花的时候，白天暖和，花瓣绽开，一到傍晚，花瓣闭合。每天重复，但经过一段时间后，花瓣不再闭合，而是一直全开，直至凋谢。郁金香全开的时候，雄蕊、雌蕊暴露无遗，样子难看。"肌肉全开"，像可怜的芭蕾舞演员。

　　深黄、鲜红郁金香。
　　　　　　　　　　松本孝（收于《火明》）
　　长期以来，说到郁金香，也就是红、黄、白三种颜色。最近才出现颜色繁多、多姿多彩的郁金香。松本孝在昭和三十一年、即近半个世纪前就已经去世，所以不知道今天的百花缭乱的盛况。此句表现出对郁金香质朴的热爱。

唯有喜悦郁金香。

细见绫子（收于《桃是八重》）

这个世界上有数不清的悲哀难受的事情，但在风中轻轻摇曳的郁金香似乎不知悲哀，那花瓣满含的只有喜悦。然而，从这一句的背后能听见作者的"要是没有悲哀那该多好啊"这样天真的叹息。

菜花

岸边菜花黄，今日不见鲸鱼来，大海渐日暮。

芜村（收于《芜村句集》）

吟咏的地点大概在南纪一带吧。海边村落的菜花地，太阳刚刚落下，天空、大海、菜花地还荡漾着余晖，还很明亮。

"不见鲸鱼来"是芜村的叹息。啊，今天这海面终于未见鲸鱼的身影。并非想捕捉食用，而是一种孩子般的愿望，要是在菜花盛开的时候海面上出现鲸鱼那该多好啊。

十多年前，曾在神田的岩波会馆看过电影《八月的鲸鱼》。这部电影以淡淡的手法娓娓道来一对老姐妹在美国缅因州岛上的别墅度过一个夏天的故事。扮演妹妹的丽莲·吉许91岁，扮演姐姐的贝蒂·迪维斯79岁。她们的别墅位于可以俯视大西洋的山崖上。妹妹照顾失明而任性的姐姐，同时心中期待着少女时曾看见过的鲸鱼再次回来。然而，鲸鱼始终没有出现。

正因为鲸鱼不再来，电影才充满怀念的情绪，芜村的俳句才可以描写出无限乡愁的世界。如果鲸鱼出现的话，电影和俳句都索然无味。

让愿望在愿望中终结，这也是人生出色的一幕。

菜花一枝开松下。

宗因（收于《整一年》）

进入江户时代以后，一直只能公卿、武士、寺院神社使用的菜籽油灯也扩大到民众阶层。于是，在京都、大阪以及江户近郊开始出现油菜地。西山宗因（1605—1682）正是这个时代的人，菜花只有一枝是当年的景色。

菜花世界一片黄，今日又见映夕阳。

淡淡（收于《淡淡句集》）

松木淡淡（1674—1761）先后师从芭蕉、其角学习俳谐。在他生活的江户时代中期，幕府、各藩都积极鼓励生产菜籽油，于是各地出现大面积的油菜地，正可谓"菜花世界"。此句是芜村名句"满眼油

四季之花

菜花，东边月亮西边日"的先行俳谐之一。

　　菜花开四角，油绿麦地中。
　　　　　　　正冈子规（收于《子规句集》）
　　明治时代，春天的田园风光依然还是黄色菜花。子规所描绘的是麦地里的一块油菜地。"开四角"的表现有点不合常理，却正体现出充满开朗精神、喜欢描绘美丽水彩画的子规的性格。醒目的形状与颜色形成对比，一片绿色中清晰地浮现出四角形的黄色。

　　色浓油菜花，血热土佐人。
　　　　　　　　　　松本孝（收于《火明》）
　　都说土佐人倔强。所谓倔强，就是淡泊名利，始终不渝地贯彻自己的信念。典型人物应该就是坂本龙马，尽情表演后迅速退出历史舞台。土佐人、菜花都是黑潮哺育起来的。此句流露出病弱的松本孝的憧憬。

橙橙菜花黄，任其扩地盘。

久保田万太郎（收于《流寓抄》）

第二次世界大战以后的经济高速增长期，失去了大量的田园、麦地和油菜地。此句是大片油菜地消失之前的最后景色。如同春天呼唤出喜悦的声音，这边的田地，那边的堤坝，处处都晕染着菜花黄橙橙的颜色。无论使用什么样的力量都无法阻止这黄色的不断扩张。

春之花

藤花

> 白藤摇风渐欲停，一抹淡绿色。
>
> 芝不器男（收于《芝不器男句集》）

当随风摇摆的藤花逐渐安定下来的时候，构成花房的每一朵花儿的形状和颜色开始显露出来。藤花在风中摇晃，只是显示出白色，其实除了白色，人们可以发现，还隐秘着各种精妙的细腻色彩。

花房的确像是白色水泡般的花的聚合体，但从花的缝隙间可以看见中间有一根亮绿的蕊，从这个花蕊分叉出几根短茎，花茎的顶端各著着一朵白花，都低垂下来，互相藏在其他花的背后，仿佛躲避日光照晒的鲜奶般的细嫩皮肤。

严格地说，花瓣并非白色，花茎的浅绿从杈根流淌进洁白的皮肤内部，难以辨别是绿色素还是落在花瓣上的花瓣阴影的绿色。由于晕染着微弱的浅绿，花房整体仿佛含带着淡淡的绿光，格外艳丽。

一笔勾勒出白藤的生命。不器男于昭和五年（1930）去世，年仅 26 岁，留下诸多名句。

紫藤花房渐长大，随风轻摇摆。

三桥鹰女（收于《鱼鳍》）

晚春，状如镰刀刃的尖尖的紫藤芽绽裂，露出折叠的嫩叶和小小的蓓蕾。很快，嫩叶如羽毛般绽开，在地面洒下隐约的淡影。这时，花房逐渐长大，不知不觉间在吹过院子的细风中轻轻摇摆。鹰女注视的是这个时候娇嫩的紫藤花姿。

白藤缠绕神杉上。

岸风三楼（收于《往来》）

樱花落尽，藤花如烟似雾般缠绕着山中各处的树梢上。那是群山眯缝着眼睛依依不舍地看着春天的离去。从远处看去，感觉藤花上有一道目光。此句描写缠绕在神木杉树上的白藤，在风中摇曳的神圣而清净的白色。

四季之花

瀑布湍流前，宁静映藤花。

鹫谷七菜子（收于《枪身》）

瀑布近在咫尺，但现在只是平静缓缓的流水，不可想象即将隆隆湍流跌落下来。正因为想到瀑布即将轰然奔流，才感觉眼前的流水是何等的平静。树枝伸过来，像是覆盖水流一样，树枝上垂着藤萝的花房，落影在光滑的水面上。这是水不可逆转的可怕寂静。

行路已疲乏，今晚投宿在谁家，却见紫藤花。

芭蕉（收于《笈之小文》）

《徒然草》中有"藤花无法捉摸之情趣"（第十九段）句。"无法捉摸"就是茫然不安，没有着落。芭蕉此句描写的是这种无法捉摸的紫藤姿态。这是他在大和国旅行时的作品。他看到夕暮中朦朦胧胧的藤花，触动了心中一缕无奈的乡愁。

藤花茎长雨欲下。

正冈子规（收于《子规全集》）

子规创作有吟咏藤花的名句："瓶里白藤花枝短，弯腰不及榻榻米。"这是卧病在床的子规眼中的藤花。俳句则是从长长垂下的紫藤的花房中感觉到下雨的征兆。这也是兼好法师的"无法捉摸之情趣"的一种变调。

杜鹃花

傍晚"端居"坐，静看杜鹃花。

其角（收于《续虚栗》）

夏天的傍晚，饭后坐在廊下乘凉，这就是"端居"。黄昏纳凉，可以在胡同边，可以在河滩上，不限场所。但"端居"，则是指坐在自家屋旁、廊下、阳台上乘凉。

端居坐乘凉，双脚轻放狗背上。（相岛虚吼）

这是坐在廊下，用脚掌轻轻抚摸爱犬背部的一幅悠闲的画面。

那么，其角这首俳句，所描写的仿佛就是其角本人傍晚坐在廊下，观赏杜鹃花盛开的庭院。

自古以来的岁时记都把杜鹃花归类于晚春4月的花。如此一来，端居就显得有点早，但其角自有其想法。虽然是晚春，但夕暮中的杜鹃花可以视为夏天的预兆，所以他依然坐在廊下轻松自在地歇息。

是火焰般鲜红的杜鹃花呢，还是残雪般白色的杜鹃花呢？薄暮中的杜鹃花令人印象深刻。杜鹃花应该是在夕暮中观赏的花儿。

紫色映山红，黄昏月色胧。

泉镜花（收于《镜花全集》）

映山红就是杜鹃花，名副其实，映照得满山通红。这红花在夕暮中呈现出紫色。泉镜花17岁成为尾崎红叶的学生，学习写小说和俳句。此句中的紫色、映山红、黄昏之月都是泉镜花所创作的小说中唯美世界的小道具。俳句虽是短诗，却能真实映照出其人。

"芝山"处处杜鹃花。

信德（收于《雏形》）

"芝山"是覆盖着短草的小山，这里大概指的是庭园里的假山。假山上到处种植着杜鹃花，现在正是五彩缤纷的盛开时节。伊藤信德与芭蕉同一时代，京都人，是个富商。当时庭园之风盛行，覆盖着短草的小山和修剪成圆形的杜鹃是庭园所不可缺少的。

四季之花

蜥蜴尾垂杜鹃花。

宇佐美鱼目（收于《草心》）

蜥蜴在杜鹃花丛上爬行。大概是花匠精心修剪的杜鹃花丛。修剪的一面绿叶茂盛，红色的杜鹃花在绿叶深处绽开。这是蜥蜴理想的游乐园，不是可以看见蜥蜴的尾巴耷拉在花上轻轻摇摆。深蓝色的尾巴与鲜红的花儿，如岩画颜料厚厚涂抹的隔扇画。

花稀树高杜鹃老。

太祇（收于《太祇句集》）

杜鹃花树每年都需要精心修剪，否则，就像一般的树木一样，树枝随意扩张，越长越高。野杜鹃花就是这样。太祇此句描写的是长得高大的杜鹃老树，点缀着稀疏的花儿，品格高雅。植物不需要人工干预，会自然而然长成好看的形态。

凋落杜鹃花，雄蕊几根留。

高野素十（收于《初鸦》）

花有各自的凋落形态，樱花的凋谢是缤纷如飞雪，山茶花的凋谢是铺满一地。杜鹃花在生命结束的时候，筒状的花瓣窸窣脱落下来，只剩下一个已经授粉的雌蕊和几根长长的翘起的雄蕊。这就是杜鹃花的最后时光。

丁香花

茫茫忆往昔，大陆丁香绽开时。

> 富田蓼汀（收于《秋风挽歌》）

春天，从遥远的西面吹来的强劲的风卷起干燥大地的黄沙，降落在大陆的城镇、田地和东面大海的岛屿上。如同被昼夜不停降落的黄沙包裹的城镇，往昔岁月已经朦胧模糊。

从当时的黄沙深处浮现上来的是记忆的片断。悬铃木的街道两旁是成排的住宅，推开其中一家住宅的玻璃门走进去，院子里种植着丁香花，正开得红火。细看花房，从天空飘落下来的沙尘薄薄地覆盖着淡紫色的花瓣，如同薄积一层灰尘的老照片。

天空的湛蓝和生命的红色交织而生的各种和谐的紫色，那是包藏着憧憬以及与其相对应的忧愁的颜色。丁香花的紫色虽然没有堇菜那样沉溺于哀愁，却比锦葵更加苍白。如同被风吹在一起的水泡一样，小花聚集在一起做着美梦。

因为"往事茫茫"的表现，此句肯定是对曾经去过中国大陆的怀念。是战前，还是战时，抑或是战后呢？在日本吹刮黄沙的某个春天里，脑海里涌现出曾在中国大陆的城镇见过的盛开的丁香花。

临街户户丁香开。
     广濑一朗（收于《初刷》）
  面临大街的家家户户的墙根或阳台上都有丁香花盛开，走近前去，会闻到甘醇的芳香。只要有丁香花，就令人想象异国情趣的城市。抑或真的是外国的城市呢？仿佛悄然沉睡于记忆深处的街道，丁香花具有回忆起一切的力量。

远离故乡来赴任，丁香花时节。
    三木朱城（收于《杜鹃同人第二辑句集》）
  丁香花是北海道晚春的花。汉字写做"紫丁香花"，读音为murasakihasidoi。如果汉字是"丁香花"，读音是rairakku。"远离故乡来赴任"，是指作者本人吗？这其中描绘出明治时代刚刚创办的札幌农业学校的年轻教师以及担任北海道开拓使官员的形象。

四季之花

铃兰在风中，铃铃铃铃铃。

日野草城（收于《银》）

铃兰的花茎上开着一排状如铃铛的白色小花，在风中颤动，那声音"铃铃铃铃铃"，清脆悦耳，从眼睛所见的形态到沁入心灵的声音。铃兰是初夏的象征。在山中，当树叶萌绿的时候，野生的铃兰绽开清香的花儿。英语称之为"山谷百合"。

铃兰叶中钻出来，花韵情趣幽。

高野素十（收于《雪片》）

一根花茎从铃兰卷曲的绿叶中钻出来，上面结着点点蓓蕾，这些蓓蕾鼓胀起来就会开出花朵。"花韵情趣幽"是对可爱的花儿从坚实卷曲的叶子中钻出来的生命力的赞美，也是对这地球上所绽放的一切花儿、一切生命的赞美。

铃兰分赠两歌人。

山口青邨（发表于《夏草》）

"歌人"大概是泛指创作诗歌的人，不必拘泥于具体的人。通过分赠铃兰，作者与两个歌人之间就产生某种类似誓约的关系。青邨是冶金学的教授，是一名教育工作者。"分赠"这个用语适合他的身份。

水芭蕉

不是水芭蕉，水镜映花影。

> 阿波野青亩（收于《除夕》）

映照在水里摇曳的白色影子，每一个都是水芭蕉的花影。此句的"不是"，包含着惊异的心情：乍一看不知道是什么影子，定睛观看才知道原来是水芭蕉。

作者大概是在杂木林边上充满雪水的湿地看见一群绽开的水芭蕉吧。水上有白花，而与花儿一模一样的白色影子伫立在水中。白花与白影仿佛背对背地倚靠在水面。

古人想看见自己的容貌可谓煞费苦心，将青铜、铁板费尽心血地磨亮，还只能模模糊糊地照见自己的影子。比起拙劣的人工制作的镜子，清水倒能清晰地照见身影。古人大概对能照见天空、照见云彩、照见山脉的水镜崇拜为奇迹吧。

水芭蕉花总是映照在水里，花影摇曳。想起水芭蕉，也会同时想起绽开花儿的清水和映照在水镜上的白影。如果没有水镜，水芭蕉无疑就是呆傻的花。

蕾破花开水芭蕉。

荻原麦草（收于《麦岚》）

名曲《夏天的回忆》有这样的歌词："水芭蕉开了／梦见盛开在水边。"然而，岁时记把水芭蕉定位为晚春4月的花。湿地的积雪融化后，最早开的花。水芭蕉看似只有一片白色的花瓣，其实那是包裹着花蕊的佛焰苞。也许被风吹裂，一下子破开。

偶尔有人来，观看水芭蕉。

伊藤湖雨城（发表于《榉》）

这里说的水芭蕉并非生长在尾濑这样的观光地，而是在极其平常的村落的极其平常的水边。当然极少有人特地前来欣赏，偶尔有不知来自何处的什么人驻足观赏片刻，然后悄悄离去。水芭蕉在与尾濑一起出名之前，就是这样普普通通的花。

四季之花

"河骨"[1]两株开雨中。

     芜村（收于《芜村句集》）

  "河骨"这个名称具有禅味，可以列入花草名称的十杰。其根茎横于水底，色白似骨，故而得其名。但与此名不同的是，河骨花似金黄色的球。岁时记记载为仲夏6月的花。芜村此句描写的是在梅雨中开放的两株长短不一的河骨。

水中河骨花，原野遇雷鸣。

     高滨虚子（收于虚子编《新岁时记》）

  在原野里行走时，霎时间满天乌云，雷声隆隆。不断翻滚的雷云映照在路边的池面上，接着大粒的雨点开始劈里啪啦掉落下来，打在水面上，扩大圆圈。河骨的花和叶子斜立在水面上，写意式的描绘，富有生气。

---

1 河骨，即萍蓬草。

河骨棍立水光幽。

饴山实（收于《辛酉小雪》）

这是拂晓还是傍晚的景色呢？几株河骨插立在泛着幽然水光的水面上。"骨"再成"棍"，不由自主地浮现出一幅简洁的画面，仿佛从中升腾出清新的气势，本应有的叶子都消失得干干净净。花儿未开，只有蓓蕾。

夏之花

牡丹

牡丹深处是怒涛，怒涛深处是牡丹。

加藤楸邨（收于《怒涛》）

高高涌起，然后轰然崩塌的怒涛。从这混合着海潮、海风的白色块状物中浮现出大朵的牡丹花。所有的花瓣都不互相接触，每片花瓣都凛然颤动。从这牡丹花的深处又涌腾起怒涛。

此句具有劈开巨岩般的粗犷气势。"牡丹深处是怒涛"与"怒涛深处是牡丹"之间有断层。先是"牡丹深处是怒涛"，说的是从牡丹花深处听见怒涛的声音，这是听觉的感受；接着是"怒涛深处是牡丹"，说的是从汹涌澎湃的怒涛深处出现牡丹花，这是视觉的感受。牡丹与怒涛，静与动，无限的重复。

昭和五十八年（1983）4月，77岁的楸邨去隐岐旅行期间创作此句。楸邨于昭和十六年（1941）春第一次旅行隐岐，写有如下的俳句：行旅来隐岐，怒涛包裹嫩树芽（收于《雪后之天》）。

吟咏牡丹这一首是在第一次去隐岐旅行40多年之后再次来到隐岐的作品，楸邨感觉怒涛比以前更具威力。

牡丹谢后浮影深。

芜村（收于《春秋稿初编》）

芜村有"牡丹花凋谢，重叠两三瓣"吟咏牡丹的名句，大概是意气相投的牡丹花。芭蕉没有创作认为可值得一看的牡丹的俳句。是因为繁华已逝吗？此句吟咏牡丹花凋谢之后，在空漠渺茫的空间浮现出花的影子。这花影比现实的花朵更加丰腴艳丽。

也可说是白牡丹，淡红泛花瓣。

高滨虚子（发表于《杜鹃》）

白色的牡丹花，本以为是一片雪白，其实却轻泛着少女脸颊般的微红。不是花瓣被染上红色，而是仿佛白色的花瓣上泛动着浅红的光泽。也可说是表现出无与伦比的温柔，而其他部分，我想用冷漠的语调来朗读。

四季之花

芍药花蕾风雨摇。

前田普罗（收于《春寒浅间山》）

牡丹是树，芍药是草。冬去春来，从根部萌出嫩芽，长成柔软的长茎，顶上绽开可爱的花儿。亭亭玉立正是芍药的生命。此句吟咏芍药的玉石般的蓓蕾在初夏的风雨中摇晃的情景。由于茎长，蓓蕾大幅摇摆，其中大概有的蓓蕾露出些许花瓣。

一夜蓓蕾芍药开。

久保田万太郎（收于《流寓抄》）

昨天还是蓓蕾的芍药，经过一个夜晚开花了。作者在早晨看到刚刚绽开的花朵，感到吃惊，脱口而出。此句给人这样的感觉。不是"一夜"，而是"一夜蓓蕾"更感悲切，意为一夜的蓓蕾。刚刚绽放的清新水灵的花瓣是单瓣的白色吗？

芍药花蕊涌上来，沐浴太阳光。

太祇（收于《俳谐新选》）

芍药花的正当中是球形花蕊，无数雄蕊围绕着一个雌蕊，形成一个大圆球，所以比其他花更加显眼。此句说花蕊沐浴着初夏的阳光好像涌上来一样。此时一定是全开的时候，花蕊也如一团火球。

薔薇

蔷薇盛开时，超越花容颜。

中村草田男（收于《美田》）

"超越花容颜"意为蔷薇盛开时，花容改变，变成比原来的蔷薇更美的容颜。并非简单的花的形状的改变，而是通过改变，超越原先的姿容。草田男所说的"超越"大概就是这个意思。

蔷薇盛开时，花蕊也随风。（矢部荣子）

如果把此句放在草田男的俳句里，可以看出盛开的一朵蔷薇会出现超越原来蔷薇的某种东西。

蔷薇连花蕊都暴露出来，随风吹拂。这是蔷薇的"自我放下"[1]的姿态。抛弃理性的自律，让自我的生命呈现生命的本态。

不仅蔷薇，开花大概皆是如此。如果花不通过盛开解放自我，就不能成为花。

不仅花，人也是如此。当母亲们将新生的小生命送到世间时，都是草田男笔下的蔷薇花。

---

[1] 自我放下，禅宗用语，指抛弃一切妄念和执著而开悟。

蔷薇园，想到一夫多妻地。

饭田蛇笏（收于《椿花集》）

印象最深的蔷薇园是新西兰奥克兰的帕奈尔蔷薇园。位于帕奈尔山丘上优雅的住宅区里，可以俯视辽阔的南太平洋。我 20 岁刚出头的那一年初夏，各色头发、肤色、眼睛的蔷薇在高高吹过的海风中轻轻摇曳。

"番伞"轻且亮，遮挡蔷薇雨。

中村汀女（收于《汀女句集》）

"唐伞"（油纸伞）是历史悠久的传统雨伞，以竹子为骨架，糊纸，涂刷桐油。唐伞中平时使用的结实的雨伞叫做"番伞"。"番"与"番茶"的"番"同义。就是普通、粗糙的意思。雨水浇打院子里的蔷薇，打开番伞，蔷薇的花光射进来，映照得雨伞内泛着亮光，能听到雨打油纸的劈里啪啦的声音。

四季之花

花瓣落下来，砸坏别的蔷薇花。

＞＞＞＞＞＞＞＞＞＞＞＞篠原梵（收于《雨》）

一直保持着完整花姿的蔷薇花瓣扑簌簌地掉落下来，砸在下面还在盛开的蔷薇花上。在花瓣柔和的冲击下，下面的蔷薇也随着解体，仿佛连微风也散发着蔷薇的芳香。在夏季来临的蔷薇园的深处，正悄悄地反复进行这种蔷薇之间的破坏行为，感觉作者看到了一种华丽的景象。

蔷薇风中摇，风中划火柴。

＞＞＞＞＞＞青池秀二（收于《现代俳句全集》）

初夏的风使劲摇晃庭院中的蔷薇。作者在风中划一根火柴，手掌圈围着，防止被风吹灭，然后点着含在嘴里的香烟。作者喜欢自己的这个动作。火焰如蔷薇花瓣在风中摇曳，蔷薇如火焰摇曳。

蔷薇展上花竞艳，逐渐枯萎去。

山口波津女（发表于《天狼》）

展品都是精心培育的出色蔷薇，但随着展期的过去，逐渐开始枯萎，看似都是在竞争中枯萎。其实，花本身并没有竞争，是人心这么认为的。作者将人的世界重叠在蔷薇上予以观察。蔷薇只是本能地绽放。

夏之花

石楠花

晨云濡湿石楠花。

小杉余子（收于《国民俳句》）

我曾看见过石楠花色的天空。

几对衣着华丽的恋人从很大的树丛下面一边亲热地窃窃私语，一边向码头慢慢走去。码头上，船头的一根桅杆高高地耸立，直指天空。丘比特们扇动着肩膀上那一对可爱的翅膀在空中飞翔。

比蔷薇色淡薄，比暗红色虚幻，如朝霞般的色调。那时天空的颜色就是石楠花的颜色。恋人们的脸颊、周边的空气也都染上同样的色彩。

这幅画名为《舟发西地岛》，画家名叫安东尼·华托，是18世纪初叶在法国宫廷盛行的洛可可派的代表性画家。

从大海的泡沫中诞生的爱与美的女神阿佛洛狄忒被西风吹到希腊南端的基西拉岛。这个基西拉岛正是西地岛。女神第一次以其美丽的赤足行走的岛屿名称后来在很远的法国逐渐演变成保证恋爱获得成功的理想之岛。

正如余子所描写的那样，石楠花在云遮雾绕的深山里开花。这个花是梦幻般的华托的天空中的一个碎片。

山中云流急,忽隐忽现石楠花。
阿波野青亩(收于《国原》)

云雾在山中的树木间流淌,石楠花忽隐忽现,云雾逐渐消散。此句生动地描写石楠花绽开的初夏时节蕴含雨气的云彩的流动,富有深山幽谷的情趣。

石楠花,淡红微雨中。
饭田蛇笏(收于《国民俳句》)

并不是下红雨,而是细雨被石楠花染成微红。如果"石楠花"不断句,变成"石楠花在淡红微雨中",就是死板的平铺直叙;在这里切断、停顿一下,与"淡红微雨中"一气呵成,顿时充满气魄。仿佛这石楠花不是花,而是脸颊晕红的年轻女性。可见作者的老辣而优柔的创作手法。

四季之花

深山石楠花，岩石、青苔皆清澄。

      加藤知世子（收于《冬萌》）

  进入深山，不仅空气、树木，连泥土、岩石都感觉清净。大概因为土壤里的微生物十分活跃，把生物尸骸等污秽的东西都分解得干干净净的缘故。过去把这种清净感称为"仙气"。此句也是试图获取深山的仙气。石楠花的周边，大岩石、岩石上的青苔都很清澄。

石楠花，放把椅子看二瀑。

      斋藤素彦（收于《夏草》）

  大概是在山间旅馆或者山庄的阳台上吧。两道瀑布，一远一近，把椅子摆放在能同时看见两道瀑布的地方。石楠花温润风情，树木的嫩叶在风中沙沙作响。"放把椅子看二瀑"这悠闲的语言流淌出作者当时的心情。

岩上石楠谁人折？

> 志江（收于《新类题发句集》）

走在山路上，看见路旁的岩石上放着一枝石楠花。刚才有人走过这条路。他为后来人这样做，究竟是什么人呢？一种亲切的思念涌上心头。深山里，一枝石楠花含带着人的气息。

夏之花

新绿

夏山之中月山美。

> 前田普罗（收于《定本普罗句集》）

月山很美。芭蕉于元禄二年（1689）夏天登此山。清晨出发，攀登雨雾缭绕的八里山路，好不容易抵达山顶时，太阳已经坠落日本海，月亮开始上升。这一天是阴历六月六日，所以是傍晚之月。

《奥州小道》接着写道"铺细竹，枕修篁，卧以待旦"，好像露宿山顶，其实是在山顶的小屋里过夜。

云峰几度散，明月照月山。

> 芭蕉

白天直冲霄汉的几块积雨云到夜间分崩离析，现在只有皎洁的月光照耀着月山。

月山与羽黑山、汤殿山并称出羽三山，自古被视为圣山，深受敬仰。如果说芭蕉的俳句写的是夏夜的山容，普罗则是庄严地描写夏天白昼的月山。

远望月山，似健壮的公牛卧地。半山腰以下覆盖着山毛榉，初夏，在风吹嫩叶的树林中，黑百合静静地开花。

摩天楼上望，新绿犹如荷兰芹。

       鹰羽狩行（收于《翼灯集》）

  这是从纽约的帝国大厦观景台眺望地面的景象，新绿的树木看似小小的荷兰芹。作者吟咏此句大约在30年前。将新绿比喻为荷兰芹写出了美国的乐观精神。如今在日本，摩天大厦也习以为常，但新绿怎么看也不像荷兰芹。

京都看"若枫"，只能待两天。

       川崎展宏（收于《义仲》）

  京都多有观赏枫叶的名胜，初夏时节，枫树的嫩叶很美。枫叶有五六道裂口，嫩叶比其他树木的嫩叶更令人感觉细腻。这种纤细的情趣，自古受人赞美，故称为"若枫"。作者大概是去京都两日游，"只能待

四季之花

两天"包含着恋恋不舍的惜别之情。初夏一过,"若枫"就变成了"青枫"。

水晶念珠,嫩叶映照。

川端茅舍(收于《川端茅舍句集》)

每一颗水晶念珠都映照着四面八方的树木嫩叶。晶莹剔透的水晶珠子蕴含着嫩叶,熠熠生辉。佛经说小尘埃里有大宇宙,同时也教导说宇宙也不过是一粒尘埃。此句似以水晶念珠表现佛经的宇宙观。

哗啦哗啦响,嫩叶洗白墙。

一茶(收于《七番日记》)

墙壁之白与嫩叶之绿交相辉映,美不胜收。也许是土仓吧,嫩叶如波浪般在白墙上涌动荡漾。"洗"生动地描写出被风翻腾的嫩叶的动作,同时令人感觉嫩叶的清净。"哗啦哗啦"犹如水声。

处处瀑布声，嫩叶覆深山。

芜村（收于《新花摘》）

在新绿的山路上行走，听见远近传来的瀑布声。如果是冬天，树叶掉落，就能看见瀑布。现在山中绿叶茂盛，只能听见流水从山崖上落下来打在岩石上的声音。此句令人感觉嫩叶茂密的量感。在看不见的瀑布水声的引导下行走在山路上。

夏之花

绣球花 I

绣球花，朵朵挂水珠。

岩井英雅（收于《东篱》）

日本多雨。就雨量而言，也许有的国家，地处热带雨林，雨量更加充沛，但对雨的感情，恐怕没有任何国家比得上这个岛国。

自古以来，日本人就按照雨水的不同季节、不同下法仔细地分别称呼。例如"春雨"和"春天的雨"，春天的雨是统指春季下的雨，春雨则是指如春之细雨。还有"梅雨"和"五月雨"。梅雨有梅雨季节和梅雨季节下的雨两个意思，五月雨给人淫雨的感觉。有的称呼难以明确解释，但日本人通过直觉能够分清，正确使用。

花菖蒲、香橙花、柿子花、楝树花、栀子花，这些梅雨季节的花朵被雨水湿润的花姿最富动人的情趣。绣球花也是其中之一，被饱含水分的空气所浸润的蓝色，在骤雨中弹跳的花球都别有风味。

现在，雨水刚停。绣球花上晶莹的水珠滴落下来，从染成紫色的大花球上劈啪劈啪快速滴落，从淡紫色的小花球上滴答滴答地慢悠悠地滴落。花朵的水珠所回荡的节奏令人心情愉悦。

绣球花朵朵,无色水珠落。

川崎展宏(收于《观音》)

雨水从绣球花上滴落下来。水是无色透明的,虽然积在花朵上,却没有被花色晕染,所以叫做"无色水"。人们把秋风称为"无色风",因为没有颜色,令人备感秋风的孤寂。此句是说没有颜色令人感觉寂寞的不仅只是秋风。

绣球花,浅绿出于白。

渡边水巴(收于《水巴句集》)

绣球花的蓓蕾是白色的,随着四片花瓣的绽开,整个花球鼓胀起来,逐渐染成浅绿色。"出于"与"青出于蓝"的"出于"一样,意为"诞生"。不是说白色变成浅绿色,而是说从白色中诞生出浅绿色。作者把花视为一条生命。

四季之花

绣球花,"帷巾"季节浅淡青。

芭蕉（收于《陆奥衙》）

阴历五月五日端午节至九月一日有穿"帷巾"（单衣）的风俗习惯,而且规定端午是淡青色,七夕和八朔（八月一日）是白色的帷巾。芭蕉此句是说端午节来临,人们身穿淡青色的帷巾,绣球花还是浅浅的淡青色。淡青色是比蔚蓝色深一点的蓝色,汉字也写成"浅葱"。万绿之中,淡青色的衣服和花显得清爽。

绣球花月夜,尚是淡青色。

铃木花蓑（收于《杜鹃杂咏选集》）

月色里观赏绣球花。"尚是淡青色"意为尚未被染成深蓝色。深绿色的叶子融入夜的黑暗,淡蓝色的花球沐浴着梅雨季节里圆月的清光,隐约泛出淡淡的白色。此句与芭蕉的前句一样,都具有花儿初绽时淡青色的清爽感。

昨日今天绣球花，变成浅蓝色。

正冈子规（收于《子规全集》）

　　清淡的浅蓝色，比蓝稍浅，比淡青色略深。汉字写"缥"。子规在这里描写从浅绿逐渐变蓝的绣球花。昨日今天就发生变化，大概刚刚染上浅蓝色。从这个时候开始，绣球花终于进入了观赏期。

夏之花

绣球花 Ⅱ

绣球花两朵，月夜沐青光。

泉镜花（收于《镜花全集》）

季语中有"梅雨月"这个词。

正是梅雨天，一夜悄见松头月。（蓼太）

梅雨季节，淫雨连绵，谁也不会想到夜间有月亮。但是，大概是如厕的时候，走到廊下，只见院子里一片明亮。抬头一看，松树枝梢上，一轮圆月从乌云后面露出来，洒下湿漉漉的亮光。

本是躲在云彩背后的月亮悄悄地挂在我家松树的树梢上，"一夜悄见"，道出作者的喜悦心情。此时大概会想起过去王朝时代什么人夜间悄然潜入恋人家里的情景吧。

镜花此句也是描写梅雨月夜。雨停以后，院子的角落里有两株绣球花球沐浴着月亮的青光。句中说"花两朵"，其实并非只有两朵花。

似乎是镜花轻轻走近前去，他眼中看到的只有两朵花。这两朵花仿佛就是神乐坂的艺伎桃太郎和不顾终生之师尾崎红叶的反对而与其结婚的镜花本人。

别屋客间坐，小院树丛天然成，绣球花盛开。

芭蕉（收于《别座铺》）

元禄七年（1694）5月上旬某日，在江户深川的弟子子珊宅邸为即将前往京都一带旅行的芭蕉举行饯别句会。此句是芭蕉的发句。小院的树丛里，绣球花宁静安详地绽开。子珊的和句是"适逢雨歇做茶袋"。数日后，芭蕉出发上路，此后再也没有重返江户。

绣球花枝垂，清澈水潭上。

苍虬（收于《苍虬翁句集》）

大概是河渠吧。绣球花枝从岸边伸出来，沉甸甸的花朵压得它垂在水面上。"清澈水潭"表示潭深而水清见底。犹如雨水沉积，相当深的淡青色的水澄澈透明，几乎垂到水面的绣球花美丽绽开。苍虬是幕府末期天宝时代的俳谐三大家之一。

四季之花

额绣球花带雨剪。

川崎展宏（收于《观音》）

雨刚停歇，就让人剪取院子里的绣球花，特地叮嘱要小心谨慎，一定要保留花朵上的雨水。天然原样，花朵上要原原本本地带着水珠，因为想在房间里欣赏雨后的风情。绣球花的花球聚集着许许多多的花瓣，但额绣球花不同，有花瓣的花圈围着小花。绣球花热闹，额绣球花安静。

信浓到秋冷，绣球花儿开。

杉田久女（收于《杉田久女句集》）

此句说山国信浓的绣球花，早的话也要到感觉秋冷的时候才能开花。绣球花是仲夏 6 月的季语，秋冷是初秋 8 月的季语。绣球花开得晚，秋天来得早。含带秋冷的绣球花的蓝色。比梅雨季节的绣球花别有一番风味。

绣球花，蓝到极致放终结。

安住敦（收于《历日抄》）

"蓝到极致"指含带蓝色的各种色调、深浅的变换都全部展示出来。绣球花的花色始于白，逐渐染蓝，蓝色加深含带紫色，最后变成紫红色。这种颜色的变化才是绣球花的情趣。枯萎之后依然残留着蓝色的影子。

燕子花

燕子花，粘上老鹰排泄物。

芜村（收于《芜村句集》）

记得是在近江八幡，我坐船环绕水乡的时候，曾看见簇生的燕子花。绿色茂密的芦苇中蜿蜒着细窄的水路，忽然感觉眼前开朗，看见燕子花在对岸的水面上连成一条紫色的彩带。船靠近前去，紫色的花朵在船浪的涌动下接连摇摆。波浪退去，燕子花恢复宁静。

尾形光琳的六曲一双屏风《燕子花图屏风》将这种宁静的花姿描绘在黄金的寂静上。到东京南青山的根津美术馆去观看这幅绘画真品，会看见花的湛蓝和叶的铜绿隆起在金箔上。

屏风所描绘的是 1700 年前的花卉，芜村所吟咏的是大约 90 年之后的初夏。这是别人出题《杜若》而应题吟咏的俳句。

芜村也是画家，但因为是创作南宗画，所以不用矿物质的岩画颜料。但是，此句显然是一幅利用语言的岩画颜料厚重涂抹的语言隔扇画。"粘上老鹰排泄物"，黄土、辰砂、绀青——想象这些在金箔上隆起的五彩缤纷的岩画颜料，心头掠过在光琳的《燕子花图屏风》上牢牢粘着老鹰粪便这种绚烂的幻想。

朝朝叶子工作忙，静看燕子花。

去来（收于《旅袋》）

"工作忙"其实就是叶子的摇动。晨风吹拂，燕子花的叶子随风摇动。但是，这里不说"动"，"工作忙"给人生命活动的感觉。了解高速摄影的现代人也许眼前会浮现出燕子花的叶子茁壮生长的景象。此句作者深知燕子花之美也是叶子之美。

天上势必也寂寞，水上燕子花。

铃木六林男（收于《国境》）

作者凝视着绽开水上的燕子花，想象天上寂寞的情景，不由自主地怀念那些逝去的人们。你们在天上势必也很寂寞吧，留在地上的我们也很寂寞。燕子花在天上与地上、来世与今世的分界线的水域盛开。

四季之花

雨点自云落，直击燕子花。

饴山实（收于《辛酉小雪》）

在乌云里生成的大雨点对着燕子花直落下来。雨点如慢镜头一样接连不断地从饱含水气的大气中慢慢落下。随着雨点的掉落，其色彩从雨云的墨色迅速变化为燕子花的紫色。天空与地面的无尽距离轻而易举地凝缩在一句里。

双脚泡水里，小憩燕子花。

岩井英雅（收于《东篱》）

走累了，双脚泡在生长着燕子花的水流里，享受水的凉爽的感觉。到了一个好季节，水光、阳光，一切都是那样的璀璨耀眼。这大概是儿时的记忆吧。流水、人、燕子花都沐浴在静谧的光里。

静静挨靠燕子花。

高滨虚子（收于《杜鹃》）

两株燕子花静静地挨靠在一起,时间仿佛静止不动。紫色的花与紫色的花。这里描写的是燕子花,但"挨靠",而且是"静静"的,令人不由自主地将两株花与两个人的身影重叠在一起。此句含带着恋爱的气氛。

花菖蒲

为我剪取花菖蒲。

    石田乡子（收于《石田乡子作品集》）

"那么我就告辞了。"

"稍等一会儿。"

  主人立即从廊下走到院子里，开始剪取水边的花菖蒲。这个院子很大，有一口长方形的池塘。再有两三天，从梅雨季节这个阴霾的天空会露出珍珠般的阳光，照耀着紫色和白色的花菖蒲。

  主人不剪已经盛开的花朵，专挑绿色的苞芽浅露花色蓓蕾或者绽裂一两片花瓣的花茎剪下来，很快左手就握着一把花菖蒲。

  五七五。只有十七音的俳句因其具有"切字"[1]的内部结构，可以比其他需要花费许多文字的任何文艺形式更言简意赅。就是说，"切字"是俳句的生命。

  那么，什么是"切字"，就是轻飘飘地飞起来，落到别的地方。说起来很简单，要能轻飘飘地飞起来，最需要的是爽利的果断。

---

1 切字，断句子（词）。连歌、俳谐的发句以及近代俳句中，为使句子表达完整的意思，在句中或句尾表示断句的字或词。

花菖蒲是舍不得剪下来的花,却让这位年轻的作者毫不可惜地剪取。这种果断力使得花菖蒲转生成越发豪爽的花。

花菖蒲蓓蕾,尖头抱一团。

川崎展宏(收于《秋》)

花菖蒲一旦盛开,如同洛可可的宫廷里五彩缤纷、令人眼花缭乱的女性服装一样具有复杂繁琐的结构。然而,蓓蕾如一把利剑般单纯而纯洁。花与蓓蕾形成鲜明的对比。此句的目光凝聚在蓓蕾,尖头的蓓蕾在尖头的叶子中间摇摆翻腾。

花菖蒲,姿容端正映水中。

久保田万太郎(收于《流寓抄》)

作者大概是从这头观看对过池畔的花菖蒲。风吹,或鲤鱼、乌龟的游动,都会产生涟漪,于是水中的花色、叶色就变得凌乱不堪。但是,常常也会有水

四季之花

面平静的时候,花菖蒲的花姿就会清晰地凝结在幽暗的水底。这就是句中所说的"端正"。

门前田角上,盛开水菖蒲。
　　　　　　　　　正冈子规(收于《子规全集》)

水菖蒲狭义上指的是溪荪,广义上包含花菖蒲、燕子花。花菖蒲是水菖蒲的一种野花菖蒲的改良品种。过去,端午节的菖蒲也叫水菖蒲,是天南星科的水生植物,与花菖蒲没关系。溪荪不在水边,而是生长在干燥的田地里。子规此句长在田里的"水菖蒲"大概是燕子花。

亲切水菖蒲,水流向何方?
　　　　　　　　　高滨虚子(收于《杜鹃》)

滋润着群生于河边的水菖蒲的河水流向远方。感觉"亲切"的不是水菖蒲的花,而是荡漾着花儿的水的去向。作者向水询问:流到何方?俳句的语调如划舟溯流而上般的舒缓。这里的"水菖蒲"也是指燕子花。

  一株水菖蒲，洁白且清高。
日野草城（收于《花冰》）

  一株白色的水菖蒲，汉字写为"一茎"、"一枝"、"一根"，但这些只是单纯的数量说明，这里的水菖蒲给人笔挺的长茎的印象。就是说，作者捕捉到水菖蒲的肉感。那长茎的顶端开着白花。

夏之花

荷花

荷茎离水二寸香。

　　芜村（收于《芜村句集》）

　　光滑的绿茎从水中笔直升上来，顶端托着一朵形状优美的花儿。漂亮的平衡感。不论是淡红，还是纯白，花瓣总是薄汗津津，仿佛所有的花瓣都要感受整个宇宙那样静静地绽开。

　　荷花是性感的花儿，性感却不淫，性感而清纯。佛教的僧侣们视其为象征佛教宇宙的神圣之花而倍加尊敬。古代中国的诗人称赞其为出淤泥而不染的君子之花。自古以来，荷花深受人们的喜爱，大概就是因其在清新外表的深处蕴藏着性感的缘故吧。

　　荷花初开时清香扑鼻。

　　荷花初绽风也香，池水澄碧心水清。（藤原定家）

　　芜村此句写荷花的茎离水面两寸许，如此看来，不是睡莲，不可能在离水面两寸的地方开花，更不能飘溢芳香。然而，这清香似乎来自小蓓蕾。这是用心灵才能闻到的香气。

剪切荷花来，横倒榻榻米。

　　　　村上鬼城（收于《定本鬼城句集》）

剪下长长的荷花，横放在榻榻米上。大概准备用于水盘或者花瓶里的插花。"横倒"一般是用来表达塔、树木、柱子之类粗长的东西横放下来，纤细的荷花不用这样的词来形容。作者之所以使用，是为了表现荷花的优美和长梗的风度。气势恢弘地横倒在榻榻米上的荷花。

淡绿稻花间，偷偷绽开荷一枝。

　　　　水原秋樱子（收于《残钟》）

一枝荷花混杂在田间的水稻里，像是偷偷绽开。画面很美。淡绿色的纤细的稻花，沉在其中的是一枝淡红色的荷花，大大方方地绽放。也许是藕根从旁边的藕田或者水渠顺着田埂下面过来的，也许这块稻田以前是藕田。如是这样，从留在泥土里的藕根长出来的这一朵荷花是被遗忘的纪念。

四季之花

莲中划船难操篙。

     轻部乌头子（收于《樗子之花》）

  夏天早晨出门，一边乘凉，一边观赏荷花。过去江户市内有不忍池、赤坂溜池等几处观赏荷花的著名景区。小暑（阳历7月7日左右）过后，观莲的人们熙熙攘攘。此句说有人坐船观莲，但长长的竹篙在又高又密的荷叶以及水中的花梗中难以操纵，施展不开，进退不得。

花梗支撑凋谢花。

     泷井孝作（收于《浮寝鸟》）

  花儿盛开之后便是凋谢，摇晃的花梗支撑着花瓣零落殆尽的荷花。古代中国按照荷的构造详细命名，如茎称为藕，从藕生出来的柔嫩的白芽称为蔤，叶称为荷，果实称为莲子，而且花的名称有芙蓉、荷花、莲花等多种。

花瓣落叶上,荷花随风摇。

晓台(收于《晓台句集》)

荷花即将凋谢,一两片花瓣落在荷叶上。花瓣掉落以后,花梗顶端的雌蕊已经授粉完毕,开始臌胀,朝天直立。每当清风吹拂,荷叶、叶上的花瓣、花梗顶端的雌蕊都随风摇摆。这是荷花完成任务后最后的平静。

夏之花

百合花

拂晓白百合，风中摇不停。

中川宋渊（收于《云母》）

夏天昼长夜短。过去王朝时代，恋人们总觉得夜间太短，怎么刚刚日暮很快就要天亮，甚至觉得天黑得晚，亮得早，对于幽会的男女来说，都舍不得如此短促的一个晚上。

春分一过，白昼渐长，夏至日最长。在这个过程中，古人喜欢春季的逐渐昼长暮迟，不喜欢立夏过后逐渐的夜短亮早。因为夏季的夜晚与炎热的白昼不同，比较凉快，所以喜欢夜晚。

天亮早，天亮将更早。（谷野予志）

"天亮将更早"是夏至之前的夜间越来越短的感觉。夜间终于短到不能再短的地步。

宋渊此句说夏夜的拂晓天亮得早，白色的百合花总是在风中摇曳。被夜色掩藏的草木花卉又露出绿色，天空也逐渐明亮，逐渐蔚蓝。

这里所说的白百合与其说是田地里的麝香百合，不如说是原野上野生的百合。夏日拂晓的曙色中浮现的百合的白色正是短夜的颜色。

一缕蛛丝，掠过百合前。

高野素十（收于《初鸦》）

一缕蛛丝从白色的百合花前掠过，从何处来？向何处去？起点和终点都不明确，只有在百合花前面的这一缕蛛丝。素十有俳句云"桔梗花中来蛛丝"，也只是说"桔梗花中"，看不出明确的起点。这两首俳句中的蛛丝都有神秘的感觉。

清晨买百合，走出花店去。

日野草城（收于《花冰》）

夏日的早晨，有人买了百合花后从花店里走出来。作者所描写的就这么一点，甚至连抓拍的镜头都不是，感觉是偶然的拍照。只是因为这花是百合，这时间点是清晨，如同刚刚洗过的白麻桌布的折线那样的清爽感觉。

四季之花

百合即将开,疏离蓓蕾去。

　　　　　　　安住敦(收于《古历》)

　　百合开花时,是蓓蕾从尖头裂开。它不像樱花那样让人急切地翘首以盼,也不像牡丹那样绢花般的重叠花瓣逐渐松弛绽放。百合是匆匆绽裂,匆匆开放,大概作者感觉到它的底蕴的浅显,所以"疏离"。尽管百合花没有任何罪愆。

卷丹鬼魅气,插花已厌倦。

　　　　　　　相生垣瓜人(发表于《海坂》)

　　"鬼魅"意为如魔鬼般面目可憎,毫无优雅可言。用卷丹插花固然可以,但对花的那种鬼魅之气已经厌倦。卷丹是大朵朱红百合,花瓣内侧有豹纹似的紫黑色斑纹。

百合花蕊花蝶须。

　　　　　　　松濑青青(收于《再版妻木》)

有一句话说"百合之花化蝴蝶",过去人们似乎认为蝴蝶是百合花变的。大概因为蝴蝶挂在杂草或者什么上面扇动翅膀的样子与百合花相似的缘故吧。此句说如果蝴蝶的前身是百合花,那么蝶须就是百合的花蕊,含带开玩笑的语气。

夏之花

向日葵

> 听见海浪声,睁开眼睛向日葵。
>
> 木下夕尔(收于《远雷》)

向日葵要睁开花瓣围着的眼睛。它在睡乡中不知道经过了多少时间,仿佛在睡眠的深处听到从遥远的地方传来海浪的喧嚣,于是睁开眼睛,感觉晃眼地稍稍抬起低垂的脑袋。

在海边的村落里仰望向着蓝天高高耸立的向日葵时,觉得就像午睡刚刚醒来、扬起长长睫毛的年轻姑娘一样,或是如一位画家所描绘的独眼巨人,其实这么比喻,并不有损向日葵的美貌。

木下夕尔于大正三年(1914)在广岛县福山出生。濑户内海辽阔的海面就在跟前。夕尔在这个城镇度过少年时代,一边经营药店一边创作诗歌、俳句。昭和四十年(1965)8月4日,在海边盛开向日葵的季节里逝去,终年50岁。

夕尔从小看见过几次伫立在海边的向日葵呢?此后,向日葵如同惋惜那逝去的伟大夏天一样一直伫立在自己记忆中的海边,一边倾听大海的喧嚣,一边低垂黑色的眼睛。

葵花向太阳，万里蓝天多晴朗，遥听海潮响。

水原秋樱子（收于《岩礁》）

夏天是云彩美丽的季节。日本列岛处于季风地带，太平洋吹来的南风生成许多白云。此句描写蓝天上白云的飘动，大海里白浪的喧嚣。其间伫立着葵花。犹如梅原龙三郎用浓厚的油画颜料一笔一笔描绘的跃动的向日葵世界。

铁轨如利剑，指向向日葵。

松本孝（收于《松本孝句集》）

两道被烈日灼烤的铁轨从葵花下穿过。铁轨表面经过列车车轮的长期磨砺如剑般锋利，在阳光下泛着黝黑的亮光。这是日本夏天一道无法忘怀的风景。高高的向日葵、利剑般的铁轨对着从堆积在线路上的碎石子升腾起来的酷暑的阳炎摇摆。

四季之花

"日车"应是榨金油。

野村喜舟(收于《小石川》)

"日车"(太阳的车轮)是向日葵的别名。因为花瓣张开的葵花像一轮太阳,也像车轮。葵花子可以榨油,叫葵花油。从"日车"到"金油",给予读者从旋转的巨大齿轮中滴落下太阳的金油的印象。

渐渐变黑渐饱满,伫立向日葵。

西东三鬼(收于《变身》)

葵花是无数花儿的聚集,每一朵花授粉以后就结出种子,种子在花盘中间聚集成蜂窝状。种子成熟以后,就掉落在大地上。"渐渐变黑渐饱满",是向日葵的生命走向终结、走向成熟的姿态。

向日葵,一茎一花开始终。

津田清子(收于《礼拜》)

一茎一花,"开始终"不是说葵花在夏天一直开放,而是赞美葵花始终保持其完美的生命,赞美葵花坚持盛开到最后。二者看似相同,其实不同,如同漫长人生与充实人生的不同。

夏之花

紫薇

与谢郡里紫薇美。

森澄雄（收于《游方》）

与谢是古地名。丹后国（京都府北部）的包括天桥立沙丘景区的宫津湾一带，自古以来就是这个名称。从京都望过去，还远在酒吞童子所盘踞的大本营、令人害怕的大江山的那头。

前往大江山，生野路途远。家书未曾见，不知天桥立。（小式部内侍）

和泉式部在宫津的时候，爱女小式部内侍应诏前往宫中参加歌合（赛歌会）。一个公卿听说后，嘲弄道："已经派人去母亲那里向她索取作品了吧？"小式部内侍拉住他的衣袖，脱口而出，吟咏上述这首和歌。

此句的紫薇花背景的蓝天似乎含带着淡淡的哀愁。大概回想起在与谢旅行时的情景吧。俳句的音调仿佛是紫薇的水泡般的花朵在轻风里沙沙作响，一直在心里回荡。

如此说来，芜村的母亲也是与谢人。与该地相关的各种各样的故事在此句的周边浮现。

紫薇树下有荫凉。

　　　　　　　高桥淡路女（发表于《云母》）

　　观赏镰仓的镝木清方纪念美术馆收藏的绘画《朝夕安居》，在卷轴般的纸张上描绘有清方小时候看到的东京平民区的夏日景物。靠近中间部分是一个卖风铃的行商放下担子，在枝叶伸展的紫薇树下小憩的景象。屋顶的苇帘子背后挂着许多各色各样的玻璃风铃，发出清爽的声音。

　　说是女客来，慌忙系带出门迎，盛开百日红。

　　　　　　　石田波乡（收于《风切》）

　　大概正在看书的时候，身上衣着甚少。突然说是有女客人来访，于是慌慌张张地合拢和服，系好腰带，到门口迎接。此句作于昭和十四年，当时波乡27岁。在东京过着自由自在的单身生活。当然，来客也是年轻的女子。虽然是炎热的夏天，语言的新鲜和百日红营造出俳句清新凉爽的气氛。

四季之花

酷暑百日红，咕嘟咕嘟喝凉水。

      石田波乡（收于《鹤眼》）

  在酷暑的路上行走，炎热中只是咕嘟咕嘟地使劲喝水。喝水的时候，喉结有力地上下移动，仿佛在贪婪地追求着什么，不可阻挡地洋溢着年轻的生命力。此句作于"说是女客来"的前一年昭和十三年，都是波乡的名句。酷暑与清凉的百日红相得益彰。

我等半老犹清爽，艳丽如百日红。

      三桥鹰女（收于《白骨》）

  一般说"清爽年轻人"，不太听见说"清爽老年人"。但是，说老年人清爽其实没有任何不合适的。鹰女就是这么认为。此句具有发现老年人清爽的思维的清爽。半老的年龄，过去是40岁，现在大概是60岁吧。

寺院也被战火毁，只有紫薇开。

胜彦（收于《双杵》）

寺院毁于战火，荒凉废墟上，只有紫薇花开。回顾历史，诸多寺院在战火兵燹中化为灰烬，从此消失。有形的东西不可能不朽。紫薇花仿佛在这样低声细语。作者是石田波乡的高足。

秋 之 花

牵牛花

盛开牵牛花，水彩洇晕不成画。

　　　　　正冈子规（收于《仰卧漫录》）

《仰卧漫录》是子规最后的日记。因为是日记，不公诸于世。子规无所顾忌地记录他每天浮现心间的无聊之事。有备忘录，有对母亲和妹妹的抱怨，有饮食的记载，有花草的素描。

这本日记长期不知去向，2001年岁末，在东京根岸的子规庵仓库里发现。现保存在芦屋的虚子纪念文学馆。2002年秋，我有机会观看到原本。两册，土佐纸半纸[1]双折装订，边角卷折，据说是因为防止家人和友人看见，在被子下面藏进拿出所造成。

翻到《仰卧漫录》的明治三十四年（1901）9月13日这一页，纸张正中间画有带有蔓、叶的一朵胭脂色的牵牛花，四周写有四首俳句，汉字与片假名混用。此句为其中之一。

水彩颜料洇晕，绘不成画。内容极为简单，却彻底捕捉住牵牛花水灵灵的姿容。这是他35岁去世的

1　半纸，长24-26cm，宽32-35cm的日本纸。

前一年的作品。

这一天早餐是"温米饭三碗,佃煮、梅干、牛奶五勺加红茶、带馅面包"。被泪水濡湿般的牵牛花。

如此涂鸦牵牛花,亦觉有情趣。

　　　　　　　　芭蕉(收于《何时是往昔》)

此句前言写道:"岚雪绘画,嘱我为赞。"这是芭蕉写在岚雪绘画上的画赞。尽管你的画十分拙劣,但画出的牵牛花亦富有情趣。芭蕉以这种手法赞美岚雪笔下的牵牛花绘画。戏称别人作品拙劣,可见两人关系之融洽知己。服部岚雪是芭蕉早期的弟子。

如此旺盛开,牵牛花之家。

　　　　　　　　月平(收于《雪上笔头菜》)

爬在我家院子的架子上的牵牛花今天早晨开得更加旺盛,简直可以称为"牵牛花之家"。自古以来就有花之家、月之家、露水之家、香鱼之家等说法,于

四季之花

是模仿叫做"牵牛花之家"。牵牛花的生命只有一个早晨,是短暂之花。即使是"家",也是临时之家,此句隐含着这样的无常感觉。

牵牛花,缠绕墙垣似风色。
　　　　　　　　角田竹冷(收于《竹冷句集》)

不是风缠绕墙垣,而是牵牛花缠绕在墙垣上开放,花色如同风色。"牵牛花",先切入,再反过来"缠绕墙垣似风色",眼前浮现出缠绕墙垣的牵牛花在秋风中摇曳的景象。这里的花色只能是蓝色。

撕裂肉身开,此乃牵牛花。
　　　　　　　　能村登四郎(收于《寒九》)

原石鼎有俳句云"牵牛花裂非寻常,浑身深紫色"。说的是对美丽的深紫色牵牛花花瓣的破裂感到可惜。二者相比,登四郎的俳句说的不是花瓣破裂,而是一朵牵牛花亲自撕裂花瓣而绽开。这是牵牛花短暂而激越的生命。

一朵牵牛花，初秋深渊色。

芜村（收于《芜村句集》）

牵牛花在梅雨过后开始绽放，但自古以来将其作为初秋八月（阴历七月）的季语。此花生命短暂，与悲秋的气氛相符。芜村此句令人想到深渊，大概是深藏青色的牵牛花吧。这个颜色也与初秋的早晨相匹配。

秋之花

木芙蓉

> 木芙蓉花瓣，柔缓有力量。
>
> 　　　　　下田实花（收于《杏子》）

　　北镰仓的东庆寺正殿的廊下有木芙蓉古树，从盂兰盆节开始绽开白色的花朵。木芙蓉的树叶类似梧桐树的树叶，形状显得悠闲宁静，而且颜色亮绿，与飘然绽开的白花相得益彰。

　　木芙蓉花朝开夕谢，只有一天短暂的生命。花瓣在蓓蕾中缓缓地扭曲着含苞待放，然后扭曲的苞芽舒展开来似的开花。

　　听到"力量"这个词，想到的一般是把沉重的东西抬起来的力气，使用人、运行组织的权力，解决难题的能力，都是推动完成难以做到的事情的力量。如果有人问木芙蓉的花瓣是否具有这样的力量呢？回答只能是否定的。

　　那么，"柔缓有力量"是一种什么样的力量呢？这大概是与刚毅之力完全不同的柔韧之力吧。作者从木芙蓉的花瓣上微微感觉到这种力量。

　　作者下田实花曾是新桥的艺伎。木芙蓉的花瓣上残留着蓓蕾时的如同小孩睡乱的头发般的扭曲形状，仔细一看，仿佛每一朵花都有舒缓的漩涡。

衰弱梦中人，怅对木芙蓉。
　　　　　　久保田万太郎（收于《这个》）
　　拂晓时梦见一个女人，看上去她极度衰弱苦恼，也可能患了重病。作者独自站在廊檐上，一边回忆梦中人的模样，一边怅然若失地看着木芙蓉花。这个女人也许是作者心头一直挂念的人。她的模样与眼前的木芙蓉花重叠在一起。

花开木芙蓉，晨风习习吹。
　　　　　　长谷川浪浪子（发表于《若叶》）
　　水灵灵的木芙蓉花瓣在水灵灵的晨风中摇曳。每到春天，木芙蓉便从去年砍掉树枝的根部接连不断地长出新枝，细嫩的长长的枝条在风中摇摆。生命只有一天的木芙蓉花第一次沐浴晨风，也是最后一次。

四季之花

木芙蓉树枝，每日换新样。

芭蕉（收于《后来者》）

因为木芙蓉每天开花的位置都不一样，给人树枝天天变换样子的感觉。作者将不变视为变，实际上树枝的形态不可能变换。如果是现代俳人写作，恐怕会写成"似换样"，但芭蕉断然肯定"换新样"。这就是古典俳谐的高妙之处。此句前言为"画赞"。画的是什么呢？

姗姗木芙蓉，蓓蕾月下寺。

田村木国（收于《大月夜》）

"姗姗"是衣裙玉佩清脆悦耳的声音。木芙蓉的蓓蕾沐浴着皓洁的月光，仿佛互相触碰着发出玉佩的响声。黑暗之中，浮现出木芙蓉蓓蕾的淡白，满怀着明天就要开花、后天还想开花的期望。

木芙蓉花开,面影已淡薄。

安住敦(收于《古历》)

是说看见木芙蓉花,想起逐渐淡薄的伊人面影呢?还是说随着木芙蓉花开而木芙蓉花的面影已经淡薄了呢?不论说的是什么人的面影,其人定然如花。此句洋溢着拂晓醒来独在庭院观赏木芙蓉的情趣。

秋之花

胡枝子

白露也不落，胡枝子轻浪起伏。

芭蕉（收于《芭蕉庵小文库》）

胡枝子的树枝向四面八方伸展，仿佛从根部猛然涌上来一样。胡枝子的每片绿叶上都躺着晶莹剔透的露珠。微风吹拂，树枝款款摇摆，却不让露珠洒落下来。树枝的摇动似乎就是为了不让白露被风吹落。

元禄六年（1693）初秋，芭蕉到其弟子、赞助人杉风在江户深川的别宅走访。这是当时的吟咏。杉风的前言云，将胡枝子移植于我闲居之采茶庵的墙根，"初秋风细，昨夜沾满露珠"。

吟咏胡枝子树枝如轻浪起伏的这首俳句也如胡枝子的树枝一样轻浪荡出涟漪。首先，"白露也"画出一个弧形，接着，"不落胡枝子"画出一个稍大的弧形。

如果细加分析，"不落"是一个弧形，"胡枝子"是又一个弧形，而"轻浪起伏"是最后一个弧形。此句的胡枝子树枝一边轻浪起伏，一边逐渐变小，最后消失在虚空里，安然终结。

芭蕉的语言本身化作柔美起伏的胡枝子。这首 400 年前吟咏胡枝子的俳句，至今无人超越。

盛开胡枝子，我去睡觉似小鹿。

来山（收于《今宫草》）

鹿跪在盛开的胡枝子树下休息。此句是说在胡枝子开花时节，自己要是像鹿那样在胡枝子树旁打瞌睡，那心情该多好啊。过去各处都有乡间，乡间里有胡枝子山丘，那是鹿、猴子等动物的王国。来山与芭蕉是同时代人，大阪人。他的俳句具有町人性情，悠然自得。此句也逼真地展现出来山先生的性格。

花已少许谢，自此花盛开。

苍虬（收于《苍虬翁句集》）

胡枝子枝长如鞭，从根部附近开始开花，所以不像樱花那样一齐开放，胡枝子盛开的时候，那些早开的花都已经开始凋谢。且开且谢。作者感觉细腻地

四季之花

捕捉胡枝子独特的风情。苍虬是江户时代后期的金泽人。

折断芒草时,手感觉微沉。

　　　　　　饭田蛇笏(收于《山庐集》)

折断芒草的时候,有一种草轻微地靠拢过来的手感,这是唯独芒草才有的感觉,而且还是刚刚抽穗的湿漉漉的芒草。此句原先使用汉字,后全部改为平假名,显示出芒草的优柔。芭蕉吟咏胡枝子,蛇笏吟咏芒草,无人出其右。

拨开芒草看,里面有积水。

　　　　　　北枝(收于《花的故乡》)

芒草很容易拨开。拨开一看,里面有积水。从芒草到水是一个鲜明的切换,可以从中感觉穿过芒草时秋风的匆忙,也可以感觉秋水的冰凉。北枝是加贺小松人,深得芭蕉的信任。

芒草随风谢，天寒眼可见。

一茶（收于《寂砂子集》）

正如古歌所云："秋来清爽眼不见，感秋悲凉惊风声。"虽然眼睛看不见秋天的来临，但是从芒草花絮随风飞扬的景象就知道冬天的来临。秋天是静悄悄来临，寒冬却来得如此炫耀。这是一茶对此感觉烦厌的自言自语。

荞麦花

> 荞麦尚开花，无法揉面款待君，枉费山路来。
>
> 　　　　　芭蕉（收于《续猿蓑》）

芭蕉曾说"荞麦面和俳谐与京都风土格格不入"。这可是对京都俳人的严重贬损。这究竟是怎么回事呢？据说有一本书这么说：俳谐不适合京都的风土，从荞麦面卤汁的甜味就可以知道。

芭蕉引为例证的荞麦面就是荞麦粉和水揉面、摊薄切细的面条。荞麦原先只是制作汤面荞麦饼，一说到荞麦，指的就是汤面荞麦饼。

江户时代才开始吃荞麦面，在江户，流行辣味萝卜泥拌荞麦面。芭蕉把荞麦面与俳谐相提并论，看来无疑他非常喜欢吃荞麦面。

此句是芭蕉住在故乡伊贺上野的时候，送给从伊势过来看望他的朋友。你翻山越岭，远道而来，本应该用新收成的荞麦做面条款待你，可是在我的故乡，现在荞麦还在开花。虽然无法满足你的胃口，但可以尽情观赏田地里的荞麦花。

山地荞麦白，一见心惊骇。

　　　　　　　　一茶（收于《九番日记》）

　　洁白的荞麦花，盛开一片，看一眼都心惊肉跳。大概因为让人想起大雪覆盖的景色。明明还是秋天，怎么就已经白雪皑皑呢？一茶出生长大的信浓柏原在冬天是冰天雪地。此句回忆起寒冬季节，无法出门，在家里和继母以及同父异母弟之间的恩恩怨怨。

美浓米花开，信浓荞麦花。

　　　　　　　　猿之（收于《国之花》）

　　美浓是大米产地，稻花盛开；信浓是荞麦产地，荞麦花盛开，都是丰收在望。稻子是植物，大米是食物，本应说"美浓稻花开"，但因为与下面的食物"荞麦花"相配合，所以说"米花开"。此句具有浓郁的通俗歌谣的粗犷风格。猿之和芜村是同时代人。

四季之花

当你寂寞时,请忆荞麦花。

　　　　　　　铃鹿也风吕(收于《滨木棉》)

　　感觉寂寞的时候就想起荞麦花吧。不过,荞麦花并非是令人增添勇气的花朵,反倒是感觉怅然若失的花儿。此句是说在你寂寞的时候就回忆这寂寥的荞麦花。这是自言自语,却感觉也是对即将分别的人的叮嘱。

月夜行路荞麦花。

　　　　　　　木下夕尔(收于《远雷以后》)

　　一条路从荞麦地里穿过,沐浴着初秋的月色。与其说作者正沿着这条路走回遥远的家,不如说在家里对月夜无始无终的道路浮想联翩。此句给人这样的感觉。

大雁的瞬时,荞麦已割完。

　　　　　　　石田波乡(收于《雨覆》)

"大雁的"断句。仰望天空的大雁几度飞过,不知不觉山地上的荞麦已经收割完毕,等待着寒风吹拂,雪花飘落。"大雁的"表达包容着在天地间流淌的全部时间。

波斯菊

波斯菊撒影晴天下。

> 铃木花衰（收于《铃木花衰句集》）

秋风送爽，秋空蔚蓝，无数的波斯菊在轻轻摇晃。虽然此句没有说无数的花朵也在摇晃，但从"撒"字可以产生花儿摇曳的景象。

那么，波斯菊的花影撒在什么地方呢？一般都会认为：太阳在天，花影自然在地面。

然而，反复吟咏，就会感觉花影不仅在地面，也在周围的空气里，也在湛蓝的天空上。花与花影混合在一起在风中摇曳。当然，花影映照在空气、天空实际上是不可能的。

作者花衰大概有时会感觉波斯菊本身就是影子吧。淡色的薄薄的花瓣，随时都会凋谢的无常的风姿。其实，波斯菊不就是淡影本身吗？无法区别哪个是花哪个是影。

花衰在当时所感觉到的波斯菊花的幻影经过几多岁月，至今依然从他的俳句语言中重新浮现出来。

岂有一朵波斯菊，随风不摇曳？

　　　　　　　　　林原耒井（收于《蜩》）

波斯菊茎细长，一点小风都会被吹得东摇西晃"岂有一朵不随风"，就是说有一朵花不随风摇曳的吗？意为所有的花都在摇晃。此句原文除"花"一字外，其他全部是平假名，音调也悠长轻松。俳句本身就如同风中摇曳的波斯菊。

波斯菊开朝雨里，朝向各随意。

　　　　　　　　　中村汀女（收于《花影》）

秋天的早晨，静悄悄的细雨。波斯菊的花瓣上躺着水滴，有的转向一边，有的俯首低头，这就是"朝向各随意"。如果是晴朗的天气，波斯菊花都仰天欢乐地摇摆，但一被雨淋，就含带忧愁。同样的波斯菊，晴天和雨天的表情各不相同。

四季之花

波斯菊环绕，玻璃工艺馆。

儿玉一江（收于《千曲》）

波斯菊是给人感觉淡淡透明的花儿，多是粉红色和白色，就连紫红色的深色花也散发出清爽的风情。苗条的长茎顶端零散开花，花与花之间留下充分的空间，是为了让风可以尽情地鼓荡吗？玻璃也是易碎的透明素材。波斯菊和玻璃在此句中产生宁静的共鸣。

陆奥尽头处，盛开波斯菊。

工藤汀翠（收于《雪岭》）

"陆奥尽头"指的是青森县下北一带吗？人烟稀少的海边村落，也到处绽开着波斯菊，沐浴在早来的秋风里。盛开的波斯菊反而增添寂寞。波斯菊就是这样的花。此句渗透出在最边远地方的旅行者心头的不安。

比良初降雪,盛开波斯菊。

　　　吉田冬叶(收于《冬叶第一句集》)

　　比良指的是比良山脉,位于琵琶湖西岸,高高耸立在滋贺县与京都的交界处,1000多米高的险峻山峰如屏风般接连排开。下雪早,山麓村落的波斯菊还在开花的时候,山顶就已经白雪皑皑。夕暮天空下的积雪比良是近江八景之一,称为比良暮雪。

秋之花

石蒜花

曼殊沙华，刺穿湛蓝天。

山口誓子（收于《七曜》）

睡醒睁开眼睛，却见一条野火般赤红的光束朝后面飞去。这是什么时候的事呢？是乘坐新干线前往京都的途中。山的背阴处、田埂上，到处都有群生的石蒜花。大概是过了岐阜羽岛以后的关原一带吧。

东海道新干线在那一带是一个细窄的回廊，夹在北边的伊吹山和南边的养老山之间，上行下行都必须从此通过。怪不得丰臣秀吉的西军与德川家康的东军在这里展开问鼎天下的决战。秋分时节，这条小路就被花儿染红。

红色是鲜血，是火焰，更令人联想到死亡、火灾、战争。然而，红也是生命的颜色。生命与死亡在红这种颜色中相邻为伴，却佯作不知。

那场决战发生在庆长五年（1600）9月15日，阳历的10月21日。在秋分的一个月之后，那年秋天的石蒜花大概消失得无影无踪。

誓子此句吟咏石蒜花在一碧万顷、通透湛蓝的秋空下盛开。由于"刺穿"这个词的巨大力量,感觉作者昂首凝视一株刺穿蓝天的巨大石蒜花。

曼珠沙华沐余晖,夕阳绽花蕊。
中村草田男(收于《长子》)
石蒜花的花蕊很美,长长的红色花蕊向四面八方伸展形成宝珠的形状。曼珠沙华是石蒜花的别名,源于《法华经》里的天界红花,但汉字的每一道笔画仿佛都在描写花蕊。草田男此句是说红光的辐条向四面八方伸展,夕阳也是一个巨大的曼珠沙华。

石蒜花绽开,都是秩父的孩子,鼓着小肚子。
金子兜太(收于《少年》)
也许是被太阳晒得黝黑,也许是脏兮兮,一个个黑黢黢的鼓着小肚子的孩子从盛开着石蒜花的大地的洞穴里钻出来。如同参拜佛祖一样的庄严感觉大概是因为这些孩子充满原始的力量。不仅是在秩父,前些

四季之花

日子还到处可见的这些孩子，如今已经看不到了。

桔梗拂晓尚未开。

中川宋渊（发表于《云母》）

石蒜花与桔梗是一对十分般配的秋草。如果说鲜红的石蒜花是从火和土中诞生的花朵，那么，蓝紫色的桔梗就是从水和风中诞生的花朵。宋渊此句说在拂晓薄暮中，桔梗蓓蕾臌胀，似乎很快就要绽开五片花瓣。黎明即将来临，蓝天一片晴朗，桔梗蓓蕾绽裂，开出蓝色的鲜花。夜色和蓓蕾都蕴藏着神秘的蓝色。

一根青茅挂桔梗。

深川正一郎（收于《现代俳句全集》）

一根青绿色的茅草斜横在桔梗花上，像是挂在上面，不是风吹来的，也不是其他什么外力的原因，天然如此。如果一阵风吹来，它们大概会分离开来。此句轻描淡写地点出桔梗花与青茅叶子的天然自成的关系。

　　桔梗花中吐蛛丝。

　　　　　高野素十（收于《杜鹃杂咏选集》）

　　如同桔梗花呼地吐出来，从花中伸出一根蛛丝。不过，这蛛丝的起点在哪里呢？也许很快会消失在薄暮之中。从花中出来，消失于虚空的一束亮光。没有俳句能够如此神秘地吟咏桔梗花。

秋之花

红叶 I

熊熊欲燃大红叶。

高滨虚子（发表于《杜鹃》）

这里有火的气息。是一棵大枫树吗？还是黄栌树呢？肯定是树叶通红的那种树。这时候叶子刚刚发红，绿色和红色相混不相融，各自保持着纯粹的色调，将一片片叶子、最后是整棵树染红。

"红叶如火"，形容红彤彤似火焰熊熊燃烧的红叶盛况。然而，虚子此句说的是"欲燃"，他捕捉的是盛况之前的红叶状态。

由于不是盛况，此句比描写盛况更具有强烈的感染力。凡事盛极必衰。如果是燃烧正旺的红叶，瞬间之后就开始凋零。这是包孕着盛衰两极预感的静止瞬间。

另一方面，即将如火如荼燃烧的红叶里蕴藏着奔向顶峰的宿命，凭借这股气势，诞生时间的流动。

昭和二十三年11月的一天，虚子在嵯峨野旅行，在岚山的句会上发表这一首俳句。虚子看到的正是借助一棵大树的姿态所显示的红叶生命。

红透盐肤木，婀娜倚绿松。

饭田蛇笏（收于《山庐集》）

盐肤木在红叶树中尤显赤红鲜艳。蛇笏所描写的是倚靠在高大松树上的一棵盐肤木，树干潇洒伸展，晚秋的阳光从羽毛状的红叶缝隙间漏下来。松树的绿与盐肤木的红、松树的坚强与盐肤木的优柔，两棵树的对比十分优美。

云来云去瀑红叶。

夏目漱石（收于《漱石全集》）

一道瀑布从红叶染红的山崖上流淌下来。天上白云飘来飘去，白色的云影映照在瀑布水潭上。"云来云去"的简短对句酝酿出汉诗韵味。漱石是汉诗能手。如果把这首俳句的平假名全部去掉，"云来云去瀑红叶"就是七言诗中的一句。

四季之花

随风摇曳爬山虎，叶叶不遗漏。

       荷兮（收于《旷野后集》）

  说道爬山虎，一般会想到夏天感觉清爽的绿色爬山虎，其实原本是指秋天红叶观赏的爬山虎，夏天的爬山虎叫做"青爬山虎"，以示区别。藤蔓伸长，爬上树木、墙壁等，细长的茎部排列叶子。"叶叶"写的正是排列的叶子。爬山虎鲜红色的叶子每一片都在风中摇曳。

红叶推移蓝天动。

       松藤夏山（收于《夏山句集》）

  观赏红叶、眺望天空，竟然感觉一直以为纹丝不动地覆盖着天空的蓝天随着风和云迅速动了起来。"推移"很有气魄。时间随着蓝天不断流逝，不知不觉从秋入冬。

红叶透蓝天，排列一片片。

长谷川素逝（收于《历日》）

渐入深秋，红叶飘落，不知飞往何处。在晴朗的日子里，仰望树枝上残留的几片红叶，仿佛每一片都透着空中的光。这是红叶展示的最后辉煌吧。素逝所描写的景象栩栩如生，似乎就在眼前。

秋之花

红叶 II

拾一片红叶，富士山脚下。

　　　　富安风生（收于《古稀春风》）

　　此句所描写就是富士山和一片红叶。日本首屈一指的富士山，与其巨大的山容相比如尘埃般微不足道的一片红叶，在十七音所形成的俳句这个空间里悠然相对。

　　箱根、山中湖、忍野，任何地方的山脚都可以。大概是高原的小路吧，或许是山庄的庭院，侧耳倾听，有摇动树木的风声、鸟儿的啁啾、踩着树叶走来的人的脚步声。然而，作者把这一切多余的东西全部舍弃，将富士山与一片红叶紧密结合在一起。只有类似作者的人物变成一种气息融入在风景里，露出捏着红叶的手指。

　　极大与极小，鲜明的对比引导出隐藏于各自内在的力量，使得富士山越来越大，一片红叶越来越红。二者相互拮抗，相互牵制，相互吸引，如同刚刚产生的星云般的力量在这一首俳句里旋转。

　　接着，万籁俱寂，只有风声。富士山与一片红叶，这就是过去在两叠榻榻米的茶室里对峙的天下人千利休的情趣。

"黄落"白桦树,露出小鸟巢。

饭田龙太(收于《春之道》)

白桦树叶变黄,开始凋落,于是绿叶茂盛时隐藏树上的鸟巢显露出来。落叶树中,如银杏、麻栎,树叶变黄,也称为"こうよう",汉字写"黄叶"。[1]"黄落"意为黄叶刚刚开始凋落。白桦树的黄叶格外明亮,富有透明感。

大树朝南"片红叶"。

松本孝(收于《杜鹃杂咏选集》)

大树朝阳的南面的叶子先变红。"片红叶"这个词语有几个用法:一片叶子的一半、一棵树或者一座山的半面红叶都叫做"片红叶"。此句指的是一棵树

---

[1] 日文中"红叶"和"黄叶"的发音一样,都是"こうよう"。

四季之花

的片红叶。北面的树叶还是绿色。从"南"一字可以感受到秋天明亮的阳光。

红叶树木似喧嚣。

相生垣瓜人（收于《明治草》）

喧嚣，吵闹，嘈杂，也用于蝉鸣等以及社会的声音。汉字的"嚣"原本是表现做祈祷的僧侣、神官的声音，也写作"喧"。此句并非指的是红叶的声音，而是红叶的鲜艳之色仿佛让树木叫喊起来。颜色与声音的感觉在大脑深处结合在一起。

红叶爬山虎，一根爬磐石。

菊山享女（收于《笹粟》）

磐石不仅仅只是大岩石，也叫"岩磐"，是深深埋在大地里的巨大岩石。这是磐石的刚与爬山虎红叶的柔、黑与红、形状与颜色的对比极其强烈的俳句。不仅如此，磐石传递出地下的冷。一根爬山虎爬在冷冷的石面上。

我在行旅中，红叶愈加浓。
　　　　　　高滨年尾（收于《年尾句集》）

如果在红叶的季节出门旅行，旅途中会发现红叶逐渐变浓。似乎是追赶着红叶旅行，又似乎是红叶的步伐超过旅人走在前头。于是，人生的旅程渐入佳境这个念头会自然而然地沁上心头。

秋之花

红叶 Ⅲ

山已暮，夺走红叶绯朱色。

芜村（收于《芜村遗稿》）

夕暮笼罩着满山的红叶，最终被夜色吞没。"夺走绯朱色"的表现具有将从眼前消失的红叶在心中重新唤回的力量，而且比肉眼所见的红叶更加鲜明华丽。如果与"山色暮，红叶看不见"之类的表现进行比较，更是一目了然。

天明二年（1782）9月15日，在洛北金福寺内的山腰处于前一年重建的芭蕉庵内举行小小的赏月聚会。此句为芜村的即席吟咏。阴历九月，已是晚秋。这一带山上的枫树应该是红叶尽染。

此句是应题而作，题目引用一本汉文书籍中的一句"夕暮山紫烟"。芜村从"紫"字想到孔子感叹异端代替正统的时局所说的话"恶紫之夺朱"。大家调动各自的汉学修养，展开激烈的争论。

此句也可以理解为实际面对红叶山岭的吟咏，但此时芜村身在被夺走朱色、沉入黑暗的红叶山中。芭蕉庵的后面临近东山，月出较晚，升起的月亮一定朗朗照耀红叶。

关闭纸拉窗,感受红叶来四方。

星野立子(收于《实生》)

关上纸拉窗,窗户被外面的红叶映照明亮。然而,这里并非眼睛看见的红叶映窗,而是自己化作白色的纸拉窗全身心感受红叶的明亮。"感受"是性感的作用,不仅是亮光,甚至飘溢着隔着纸拉窗感受外面红叶本身的气息。

手遮额上望红叶,亮光透手背。

大江九(收于《俳谐袋》)

手搭凉棚看红叶,感觉手掌是透明的。可能是红叶的反光映照手心的缘故吧。红叶的亮光能透过手掌,可以想象出正是红叶如火的旺盛时候。这一天也一定是晴空万里。红叶时候的晴天叫做"红叶晴"。

四季之花

黄栌绿色杂红叶。

  田中王城（收于虚子编《新岁时记》）

  黄栌树丰茂的绿叶中，不知何时忽然迅速地出现红叶。深绿与朱红的新颖搭配。随着秋意渐浓，黄栌树的所有叶子都染成醒目的朱红。黄栌树的果实可以提取蜡。到九州一带旅行，河川堤坝等处都能看到种植的黄栌大树。

漆树红叶明，亮光映四方。

  高滨虚子（收于虚子编《新岁时记》）

  比黄栌树的红叶毫不逊色的是漆树。黄栌树的红叶以朱为胜，漆树则是富有透明感的红叶。此句所说"亮光映四方"，正是红叶旺盛的时候。感动之余，如果折取一枝，整个脸蛋定然会被映照得红扑扑的。

静静水荡漾，浮萍红叶也荡漾。

  川崎展宏（收于《秋》）

发红的浮萍小叶子散落在水面上，富有树木的豪放红叶所没有的纤细的情趣。当平滑如镜的水面宁静荡漾的时候，浮萍红叶也随之漂荡。清水的宁静传递给红叶，同时也传递到观看者的心灵深处。

秋之花

红叶 IV

> 红叶满溪谷，洁白水潺潺。
>
> 　　　　　高桥淡路女（收于《梶叶》）

京都姆尾高山寺的开山祖明惠上人正在坐禅，他坐在高山寺后山的一棵大红松根部靠近地面的分杈上，心静如水，闭目结印。旁边整齐地摆放着上人穿过来的白色带子的高齿木屐，在手可触及的红叶枫树枝上挂着香炉和念珠。

有一次，上人这么想：修炼佛道，本应毁掉眼睛、鼻子、耳朵，还要剁掉手脚。可是，刺瞎眼睛，就无法读经；削掉鼻子，鼻涕就会污染佛经；失去双手，就无法结印，于是手执剃刀，亲自割下自己的右耳。

在嵯峨野山中流淌的清泷川沿线，有姆尾的高山寺、槙尾的西明寺、高雄的神护寺。山谷多有枫树，历来都是京都首屈一指的红叶胜地。此句描写三寺中位于最上面的高山寺的红叶。

《树上坐禅图》中的上人是左脸朝外，所以看不到切掉耳朵的右脸。失去的耳朵和留下的耳朵，上人用这两个耳朵倾听占领宇宙的巨大寂静。穿越红松林的风声、流淌谷底的清泷川的潺潺水声。

风从天上落,红叶是神贵船川。

水原秋樱子（收于《殉教》）

贵船川畔的贵船神社自古就是祭祀平安京的水神。所供的神是高靇神。"高"是山,"靇"是蛇。贵船川的水流本身似乎就是神。河流两旁的山上,枫树、樱花树等古木参天。这里的枫树是高大的板屋枫,被人赞誉为"贵船红叶",红中带黄。

近江引水通京都,岸边草红叶。

岩井英雅（收于《东篱》）

迁都东京以后,为了重新焕发京都的活力,决定疏通琵琶湖。明治二十三年（1890）完成疏通,建成水电站,从而京都开通电车,琵琶湖的舟船可以抵达京都。从若王子神社到银阁寺,疏通的水路

四季之花

河畔便是"哲学之路"。[1] 岸边的草红叶讲述着明治的梦想。

"锦木"[2] 红叶显古旧。

后藤夜半（收于《青狮子》）

"红叶似锦"，名副其实，红叶完全可以喻为美丽的锦缎。品种很多的红叶中，唯一能享用"锦"这个字的就是"锦木"。锦木不高，夏天不会引人注目，但秋天时节，小叶子一片深红。看到这样的红，令人想起"韩红"[3] 这个古词。红叶与绿叶共一树的景色也很美。

---

1 哲学之路，在京都市北部，沿琵琶湖疏通水路的小路。北起银阁寺桥，南至若王子桥，全长1.5公里。因大正时代的哲学家西田几多郎、河上肇、田边元等曾在此散步，故得名。

2 锦木，中文叫卫矛。

3 韩红，也叫唐红，意为从海外进口的红色，即深红、大红。强调其色彩之浓艳。

山上竹子已砍伐，红叶稀疏肌肤寒。

凡兆（收于《猿蓑》）

今年也已经开始砍伐山上的竹子，每根竹子放倒的时候，竹叶都会发出哗哗的响声。竹山上还有不少红叶树，但红叶稀稀落落，不由得感觉肌肤发冷。每次砍伐竹子，山上就树木稀疏，露出红叶的淡红。此句描写翠绿与淡红浸染的空间。

红叶散落翠竹中，依旧清闲寺。

阗更（收于《半可坊发句集》）

从京都到山科的途中，有一座清闲寺。源平时代，高仓天皇死后，他宠爱的小督[1]在此结庵。应仁之乱时焚毁，到阗更时代，只剩下正殿。此句描写冬天时，尚未褪色的红叶散落竹林之间，铺满一路。"红叶散"是冬天的季语。

---

1 小督，中纳言藤原成范之女，受高仓天皇宠爱，后被平清盛逐出宫外，隐居嵯峨野。——译注

秋之花

日本七叶树果实

苍老七叶树，落尽棕色果。

     前田普罗（收于《飞驒䌷》）

  日本七叶树高大壮观，在山谷沼泽一带，要比其他树木高出很多，挺拔蓝天，格外显眼。七叶树的天狗团扇[1]形状的叶子在风中摇曳，我曾从它清凉的树荫下走过。

  唯有日本列岛才有野生的日本七叶树，过去山间等随处可见。树龄几百年的七叶树高达30米，树干直径可达2米。如此大树现在只能在深山才能见到。

  初夏，圆锥形的花穗盛开许许多多淡红的小花。晚秋，结出直径约3厘米的果实。人们自古就知道从果实中提取淀粉，做成七叶饼、七叶粥，用以养生。

  截住深山岩上水，拾取掉落七叶果。（西行）

  西行法师的和歌是说截住从深山的岩石上流淌的清水，拾取接连从七叶树上掉下来的果实。

---

1 天狗团扇，传说为天狗所执团扇，状如八角金盘叶。

普罗此句吟咏七叶老树的形态，把所有的果实全部落下来，准备进入冬眠。老树具有人和动物都无法到达的一种宁静的威严。

两粒七叶果，长相好聪明。

宫津昭彦（收于《晓蜩》）

七叶树果实，大的直径可达 5 厘米。这样的两粒果实，看上去圆形坚固的果壳里充满智慧。实际上，果实里包藏着将来长成大树的所有东西。剖开外壳，里面是富有光泽的茶红色种子。把这个种子浸在石灰水里去涩后，磨成粉，可以做饼、煮粥。

七叶树花微雨中，雨中有情趣。

石田波乡（收于《雨覆》）

从远处眺望开花的七叶树，如同一座大烛台上摇曳着无数的烛光。此句描写微雨洒落在七叶树的花上。雨之微小，蕴含作者对微小东西的怜爱。

四季之花

满山树嫩绿，又停桴栎前。

佐野青阳人（收于《银河》）

行走在树木新绿的山路上，感慨嫩叶之优美，不由得抬头仰望茂密的树叶，原来又是和刚才见过的同样的桴栎树。沐浴着初夏阳光的桴栎树在风中轻摇。桴栎树的嫩叶比其他树木更加柔嫩、明亮、水灵。树干可以烧炭，可以做栽培香菇的段木，也可以做家具。青阳人是富山高冈人。

滔滔瀑布声，跌落葳蕤中。

士朗（收于《枇杷园句集》）

瀑布跌落在茂密葳蕤的树木里。瀑布下面应该有一眼水潭，但作者没有描写，只是说瀑布的水流一直不停地落进茂盛的树木中。语言悠然，令人感觉树木的深邃。士朗是江户时代后期的名古屋产科大夫。

> 冬日待春来，水声爬上树干去。
>
> 　　　　　　星野恒彦（收于《麦秋》）

　　虽然还是冬日，一旦春天来临，积雪覆盖的杂树林就会萌生新芽，水分顺着树干爬上去。说是"水声"，其实即使人把耳朵贴在树干上也听不见，只能听见从天空刮过的寒风的声音。在树洞里冬眠的松鼠家族一边听着水声一边做着春天的梦。

各地之花

各 地 之 花

北海道

抓住柳絮，放回风中。

稲畑汀子（收于《汀子句集》）

随着微风轻轻飘来的白色绒毛，手指尖捏住。绒毛正在向远方旅行，如今被人抓住，动弹不得。绒毛从这个人的手指中逃脱出来，重新回到风中，与风一起继续旅行。

春天即将逝去的日子，柳树的种子在风的引导下向着无边无垠的天空旅行。柔软的绒毛包裹着在空中飞翔的种子就是柳絮，絮就是绒毛。

距今大约130年前，茂密的森林被砍伐，首先出现的是北海道开拓使的圆屋顶房子，然后建立札幌农业学校，开辟大片的农业实习园地。原先的原野随着城市规划的发展，棋盘格状的交通网覆盖全市，不久铁路贯穿市中心。

过去是森林覆盖，生长着茂盛的柳树，其中大多被砍伐，不过还有部分残留下来。现在到了这个季节，依然有无数的柳絮飞舞，仿佛是大地的遥远记忆，向着天空旅行。

捏住柳絮的手指一松开，柳絮又随风飞扬。这个姿态看似超越遥远的时间而不断走在旅途上的旅行者。

槐花淡绿望月中。

　　　　饭田龙太（收于《忘音》）

"札幌"这个地名源于爱伊奴语，意为干旱的大地。街中心的大街两旁就种植着这种适合干旱土地的槐树。初夏，枝头抽出白藤花似的花穗。此句说淡绿的槐花沐浴着望月的清光。这种槐树，准确地说应该是洋槐，也叫针槐。

洋槐树间船儿白。

　　　　佐藤春夫（收于《佐藤春夫全集》）

句中只说"洋槐树"，但这里应该不只是单纯的树木，大概还开着花。通过泛白的绿叶以及透过树叶看到的船体的白色，感觉到超越明亮的一种哀愁。这是初夏的小樽港。佐藤春夫从7岁开始学习俳句，终

四季之花

生不渝。小樽这个地名源于爱伊奴语，意为只有沙子的河川。

猩红玫瑰花，大海今犹有未来。

中村草田男（收于《长子》）

猩红的玫瑰花的远方，白昼的蓝色大海波光闪烁。感觉这大海的湛蓝里至今依然蕴藏着尚未诞生的时间和未来。"大海今犹有未来"，这是永恒年轻的肯定。此句是在石狩湾的吟咏。石狩这个地名源于爱伊奴语，意为弯弯曲曲的河流。

圆锥绣球花，十胜国里起白烟。

加藤楸邨（收于《野哭》）

夏天上山，会看见开着类似绣球花那样白花的灌木。那是圆锥绣球，树干的内皮可以提取用以造纸的糨糊。类似溲疏，北海道称为"sabita"。楸邨此句是在十胜登高望远。不知道什么白烟从辽阔的原野上升起。

　　大雪山，耸立新叶上。
野村泊月（收于《比叡》）

耸立在北海道正中间的大雪山。入夏以后，还有残雪的山顶在新绿的原生林上面烨然闪亮。同样的构图，芜村有"唯有富士山，新绿为淹没"这一句，如蜿蜒起伏的曲线，而此句是一刀切下的直线。大雪山在爱伊奴语里意为脸颊之山。

各地之花

高山植物

烧岳冒白烟，拂晓薄雪火绒草。

阿波野青亩（收于《彼方此方》）

山下正经历盛夏的溽暑，高山终于残雪消融，山腰处开始绽开可爱的草花。这肯定是山神的花地。一天，居住在山脚下的村民们惊讶地看见群生的花儿，他们只是悄悄地走过，似乎害怕惊动山神。

小憩躺卧花地里。（林朝树）

时代变迁，欧洲式的登山运动兴起以后，花地便成为登山者慰藉寂寞心灵的好地方。此句是说有人将登山后疲惫的身体躺在鲜花的地毯上休息。过去的人对神的敬畏心情在"花地"这个词语中留下微弱的记忆。

昭和五十四年（1979）8月，青亩过完80岁伞寿，到上高地避暑。上高地是日本近代登山的发祥地。一天早晨，他大概仰望着冒出白烟的烧岳如吊钟的形态。

薄雪火绒草的叶和茎都包裹着白色的绒毛，如一层薄薄的积雪，因此得名。是花地里的一种花，仿佛珍惜稍纵即逝的夏天，短暂开放。

遥遥山径入云端，白花水杨梅。

加藤楸邨（收于《幻影之鹿》）

　　登山路消失在云端里。路边开放的白色五片花瓣的水杨梅在风中摇曳。水杨梅花形状似小车轮。原文的"上五"使用7个音，[1]给予读者真正遥远的感觉。大胆的上五手法。

高山钟花开，清水潺潺流。

中村素山（收于《素山句集》）

　　高山钟花如草莓一样叶子在地面上铺展。初夏，从根部长出茎来，顶端绽开红瞿麦似的淡红色花朵。从高山钟花的下面，细细的清水潺潺流淌。岩镜[2]、岩桔梗、岩菊、岩杜鹃，这些植物的名称都冠以"岩"字，说明它们都是生长在高山岩石多的地带。

---

[1]　此句原文为"はるかなるかな径雲に入るちんぐるま"，按照俳句的规则，第一节5个音（上五）到"はるかなる"断句，但作者特地加上"かな"两个音，变成7音，属于破调中的"字余"。

[2]　高山钟花，日文名称岩镜。

四季之花

驹草花影映日出。

　　　　　　藤田东涯（收于《曲水》）

　　驹草被称为花地的女王。在山峰升起的朝阳照耀下，在清澈空气中，驹草的形态格外鲜明耀眼。"花影"大概意为花姿。驹草花紫红色，似紫花地丁。花的形状似长长的马脸，故而得名。的确如此。

雾来驹草红消褪。

　　　　　　河合薰泉（收于《海光》）

　　刚才还是晴天，雾气涌上来，包裹着驹草。虽然还能看见花的姿态，却如同罩着面纱服丧的女人的嘴唇，紫红的花色完全消退，变成灰色。感觉彩色的影像瞬间变成黑白。

云雾涌流急,白山一华[1]风中摇。

水原秋樱子(收于《秋苑》)

因为此花生长在石川县、岐阜县边界的巍峨白山上,故得名白山一华。从这花名会立即想到一朵绽开的雪白花朵。的确如此,长茎顶端开放着几朵白色的小花。此句说的是白花在雾中不停地摇摆。

---

1 白山一华,中文名称银莲花。

各地之花

镰仓

> 白梅之后是红梅，天空多深邃。
>
> 饭田龙太（收于《山木》）

北镰仓车站前有一家老夫妇经营的日式点心铺"小牧"。掀开铁蓝色的门帘走进去，地面铺着黑石，店内设有两三张桌子，里面的墙壁整个辟为窗户，可以看见圆觉寺门前的池塘。这家商店的点心品种大致每月一换，但只有一种，5月是葛烧，7月是水羊羹，9月是初雁。

出"小牧"，沿镰仓街道走不多远，右边是东庆寺。每月一次的镰仓句会，我总是和妻子提早出门，先去"小牧"订购点心，然后到东庆寺散步。寺院的庭院鹿，一年四季，鲜花不断。其中最优美的莫过于初春的梅花。只有梅花才与镰仓最相匹配。

登上石阶，穿过茅草葺顶的山门，仰望从笔直的石子小路两旁伸出来的白梅和红梅的树枝，此时浮现我心中的就是饭田龙太的这首俳句。

从白梅的深邃天空到红梅的深邃天空。白梅、红梅的清香从句中飘溢出来。红梅开花比白梅晚。岁时记说白梅是初春2月，红梅是仲春3月开花。

"小牧"的正月点心是先于季节的红梅,淡红色的点心。

一地蝴蝶花,阳光疏漏细语时。
松本孝(收于《松本孝句集》)

晚春,蝴蝶花在树林、竹丛中如从枝叶间疏漏下来的阳光一样遍开。大町的妙法寺后面有一条古老的石阶直通后山的佛堂。在深切怀念石阶的青苔被春雨湿润、如顺畅滑落的绿水般变化的时候,两边铺满蝴蝶花的白色花朵。这是镰仓送春迎夏的花儿。

此雨过后海棠落。
星野立子(收于《续立子句集第二》)

海棠在长花梗顶端著花,花如垂穗。盛开时固然艳丽,凋落时也风情优雅。红色的花瓣一片一片恋恋不舍地离开枝头飘落下来。长谷的光则寺的海棠比樱

四季之花

花稍早，于 4 月初迎来花期。人们只关注樱花，海棠自开自谢，花落无影。

    白莲开剩一两片。
>　　　　　　饭田蛇笏（收于《山庐集》）

    光明寺是保佑海上安全的寺院。从材木座海岸稍稍往里，这座寺院正殿的大屋顶是游艇爱好者辨认方位的目标。游泳者开始在海滨沙滩热闹聚集的时候，回廊环绕的院子池塘里莲花接连开放。这个走廊绝对是午睡的好地方。一觉醒来，莲梗顶端挂着一两片花瓣，如梦的碎片。

    白花胡枝子，不断抖露珠。
>　　　　　　正冈子规（收于《寒山落木卷二》）

    宝戒寺是胡枝子之寺，而且满寺的胡枝子都是白花胡枝子。晴日清晨，花叶上的露珠在阳光下晶莹闪耀，如镶嵌的水晶珠宝。此地原先是镰仓幕府执权北条得宗家族世代的宅邸。花期过后,胡枝子被全部连根砍掉。

曼珠沙华开,佛首已丧失。

阿波野青亩(收于《红叶之贺》)

从镰仓通往逗子的名越切通[1]的北面山腰过去曾有叫做曼荼罗堂的佛堂。经过漫长岁月,佛堂已经毁掉,只剩下几处石塔和野花闲草追忆往昔。曼殊沙华开在秋分时节,开得热闹,然后无声无息地消失。

1　名越切通,镰仓通往逗子的道路。

各地之花

冲绳

愚蠢战斗梦，虚幻刺桐花。

> 石原八束（收于《蓝微尘》）

一到夏天，就会想起一首歌。仿佛从远处海边的甘蔗地吹来的风，在心中浮现又消失。

哗啦啦，哗啦啦，哗啦啦

广阔的甘蔗地

哗啦啦，哗啦啦，哗啦啦

只有风儿吹过

过去，从大海彼岸

有战斗过来

在夏天的骄阳中

哗啦啦，哗啦啦，哗啦啦

只有风儿吹过

其实，寺岛尚彦的这首诗歌更长，我只是把自己记住的片断随意串在一起。即使如此，也足以回忆起在酷暑烈日下这个岛屿所发生的战争中的许多悲惨情景。

八束此句描写刺桐的红花在火热太阳下盛开的景象，也浸染着冲绳正午的宁静。

青丝正宜插刺桐。

　　　　　福永耕二（收于《踏歌》）

刺桐花为什么那么红？此句描写作者的幻想，面对豆蔻年华青春靓丽的少女，心想如果刺桐花插在她那一头青丝上，一定会美不胜收。正如花易凋零，红颜易老，所以要珍惜这美好韶光。福永耕二是鹿儿岛人，在千叶任高中教师，42岁骤亡。

佛桑花献遗像前，刚梳三股辫。

　　　　　福田甲子雄（收于《盆地之灯》）

享尽天年应是喜丧，然而，青年殒命无论在什么年代都令人悲痛。此句大概是说在冲绳战斗中集体自尽的山丹部队的少女们的遗像。本应满怀着梦想和未来的少女们新一代的生命，战争把一切都扼杀在蓓蕾里。心中轻轻地献上佛桑花。

四季之花

摇摇晃晃右纳花,基地的海滨。

    千曲山人（收于《雪酒窝》）

  战败后,冲绳岛成为美军基地。基地附近的海滨依然和往昔一样,右纳[1]的黄花在海风中摇晃。战斗机发出巨响,从低空掠过。"摇摇晃晃右纳花,右纳花,给悄悄低语的,徐徐海风,染上色香。摇摇……摇摇……晃晃……"（朝比吕志作词《右纳花》）

  楝树花落时,那霸上小学。

    杉田久女（收于《杉田久女句集》）

  楝树在初夏绽开淡紫色穗状小花。阳光从花叶之间疏漏下来,十分美丽。久女年幼时,随政府官员的父亲在中国台湾、冲绳度过。此句是后半生未必幸福的久女对在南方岛屿与家人度过的幸福的幼年时代的回忆。

---

[1] 右纳,冲绳方言,中文称为黄槿。

日日南风吹,新花鲜艳仙人掌。

西岛麦南(发表于《云母》)

到南国旅行,都会看到很大的仙人掌。基本上都是扇状仙人掌,小树丛那么高,长满刺的叶子上开着几朵晶莹闪光的黄花。南风吹拂的夏天,仙人掌每天都会开出新花。"南风"散发着大海的气味。

各地之花

蓬莱岛

折取春兰花，抛却云端里。

　　　　　饭田蛇笏（收于《山庐集》）

　　正冈子规作为新闻记者随军参与日清战争（甲午战争），明治二十八年（1895）5月从大连乘船回国。几天后的上午，船上到处响起"能看见日本了、能看见青山了"充满喜悦的声音。一进入下关，"九州的青山近在眼前，仿佛触手可及。山头翠绿，十分美丽。见惯童山濯濯的眼睛，觉得日本的山脉是用群青颜色刷过。"

　　古代，从中国大陆来到日本的人们在海上眺望日本碧绿山脉的时候，大概也产生了与子规同样的感慨吧。这些想法日积月累，就产生蓬莱岛的传说。东面大海的尽头有一群列岛，岛上高山耸立，大树茂密，居住着长寿不老的仙人。死者的灵魂永远安息。

　　在树木萌芽的时候，春兰绽放清香飘逸的淡黄色的花朵。蛇笏是甲州境川村人，从那儿可以眺望甲府盆地。句子描写的大概是村附近的杂木林吧。

　　不是摘取，而是折取一朵春兰，拿在手里，不知什么时候抛掉了。不论是开在云中的春兰，还是悠闲漫步的人们,这些岛屿的确还保留着蓬莱的影子。

凤兰缠大树,白蝶款款飞。

      冈本癖三醉(收于《癖三醉句集》)

  走在盛夏的森林里,有时树上会飘下一股些许甘醇馥郁的香气。凤兰攀附在老树的树皮上,在梅雨过后开始溽暑疲乏的时候,绽开小白花。此句描写白色的蝴蝶也许受到凤兰香气的诱惑,围绕着大树飞舞。点缀在森林绿色中的凤兰和蝴蝶的小小的白色。

通草凋谢时,盛开虾脊兰

           大梦

  通草在晚春开放,嫩叶里探出紫色的花,静静地开。这是从它的滑稽的形状的果实无法想象的优雅的花儿。优雅、华美而不艳丽,是不争奇斗艳的雅致。

四季之花

通草花凋谢的时候，虾脊兰开始竞相开放。虾脊兰也是高雅之花，不输通草。

在旋花边上，有昨夜河滨。

石田波乡（收于《鹤眼》）

此句按字面理解是：在旋花的边上有昨夜的河滨。但不知何意。"旋花边上"与"昨夜河滨"通过"在……有……"联结在一起。首先浮现出旋花的形象，然后浮现出昨夜的河滨。两个表现奏出一个甜美的和声。也可以解释为在旋花的旁边回想昨夜波浪的痕迹。

文殊兰茎沐月光，明天将绽放。

黑木野雨（收于《马醉木》）

文殊兰在古代和歌中吟咏为"熊野之滨文殊兰"。其实，城里人大多既没见过熊野之滨，也没见过文殊兰，但只要一听到文殊兰，就会想到南边的大海，仿佛是自己古老的记忆。此句是说文殊兰的粗壮茎沐浴着月光，那饱满的蓓蕾明天就会绽开。

挥镰砍倒夏蓟花。

佐藤水子

说到蓟，一般指春蓟，此外还有夏蓟、秋蓟。并非品种不同，而是同样的蓟一直开到秋天，但不同语言的表现显示出不同的情趣。说到夏蓟，脑子里浮现出有着很多银色尖刺的英武形象。这里的"砍倒"，像是砍倒大树的感觉。

文学之花

万叶集

秋空晴万里，花色鸭跖草。

　　　　蓼太（收于《蓼太句集二编》）

鸭跖草的蓝花如万里无云的秋空。鸭跖草的日文汉字是"月草"、"露草"。秋天，走在原野上，会看见一些含带露水的深蓝色小花。

"鸭跖草蓝汁，用来染衣服。朝露濡湿后，即使会褪色。"（作者不详）打算用鸭跖草的蓝花汁染衣服，即使这色泽被朝露濡湿后会褪色。这是《万叶集》中的和歌，可见当时的人们已经把鸭跖草的蓝色作为染料使用。

也许是因为行走在原野上时衣襟被鸭跖草的花染上颜色而意识到的，起先把花朵直接搓擦在衣服上。因此鸭跖草又称为"染色草"。

《万叶集》所吟咏的草木大多与生活密切相关，既有鸭跖草、茜草、紫草这样的染料，也有可以食用、药用的草木。只有对生活有用，就觉得美，就在和歌中吟咏赞美。

今天友禅绸的底样也是用鸭跖草的花汁涂色，用浸染花汁的和纸青花纸所浸泡的水描绘草图。正式图样完成后，用水一洗，草图的线条就立即消失。鸭跖草染的颜色是一种淡青色。

浅井汲清水，轻洗燕子花。
北枝（收于《续有矶海》）

大伴家持有歌云："燕子花色染，官人几重裳。此月已来临，山野采药草。"燕子花在万叶时代也是染料，叫做"搅合花"、"搓揉花"。平安时代以后才作为单纯的观赏花。北枝此句描写在水边采来燕子花，然后汲取浅井里的清水清洗。"轻轻"是为了洗的时候不损坏花瓣。

一直以为是萱草，忘却"忘草"名。
来山（收于《今宫草》）

大伴旅人有歌云："萱草系衣带，为忘故里香具山。"如此美丽的花，让我忘记思恋的痛苦，所以称之为"忘草"。萱草是中国的名称。来山此句说我一

四季之花

直以为这花就是名叫萱草,忘记了它还有一个优雅的名字"忘草"。

收购红花清晨来,归时夕阳照影斜。

> 其角(收于《五元集拾遗》)

柿本人麻吕有歌云:"欲将红花染衣裳,穿着鲜艳人应知。"红花是从吴,即中国传来的蓝,故称为"吴蓝",后来日本人才将其称为"红"。其角此句吟咏的是红花收购者。今天清晨,商人穿过红花地的小路进村来收购,傍晚映着夕阳,看着红花回去。

茜草开黄花,染出暗红色。

> 野泽纯

柿本人麻吕有歌云:"日色照茜红,皇子却如天上月,可惜隐身过。"茜草是有刺的蔓草,根红,可提取茜色的染料。茜色是略带黄色的暗红色。和歌中的"茜红"是太阳、白昼、照耀、紫色等的枕词。茜草秋天开黄花。

樱麻盛开时,如白山雪崩。

路通(收于《草庵集》)

"密密樱麻地,地上草沾露。天亮君再去,哪怕母亲知。"(作者不详)樱麻不知何物,有人说樱麻开花似樱花,有的人说樱花开时种植。路通浪迹天涯,这是他在加贺吟咏的俳句。樱麻盛开,其势如著名的白山雪崩。

源氏物语

> 世间如花，人尽如花。
>
> 　　　　　　中川宋渊（发表于《云母》）

　　光源氏结束在须磨明石的流放生活回到京都的宫廷后，大兴土木，建造大宅第六条院，把已故情人六条御息所的原住宅收入其中。这座宅院是一般贵族宅邸的4倍，长达4町，整个町并排修建正殿和东西配殿，以回廊连接相通。

　　源氏将与自己关系密切的相好安排住在这宅邸里，其中有他最爱的紫上、六条御息所的遗孤秋好中宫、继嗣夕雾的代理母亲花散里、独生女明石中宫的生母明石君。正如宋渊此句所说"世间如花，人尽如花"。她们的住宅周边都种植各自喜欢的花草，营造庭园。

　　在秋末初冬寒风吹刮的第二天早晨，夕雾前来向父亲问安，瞥见走到移除屏风的厢房外廊的紫上。紫式部形容她的姿容"如从春日曙光朝霞间看见风情万种之桦樱缤纷缭乱"。桦樱大概是桦色，即红褐色的萌芽的山樱吧。

　　此时源氏36岁，紫上28岁，夕雾15岁。自儿子窥见父亲的女人们的《狂风》这一章以后,源氏与紫上所营造的爱的王国逐渐解体。

紫花有天桐树田。

草间时彦(收于《朝粥》)

故事的起点是桐花。光源氏 3 岁的时候,母亲桐壶更衣死去。他幼小的心间遗留的母亲的模样十分茫然。正因为茫然,反而诱发强烈的眷恋。源氏为追求母亲的面影、桐花紫色的面影,一生都在女人之间纠结彷徨。此句描写的不是不可企及的、盛开桐花的高远天空。

月亮尚未放光辉,垂穗藤花开。

山口誓子(收于《青女》)

残留在源氏心中的母亲桐壶更衣的模糊面影不久便化为父皇的新的宠妃藤壶女御的形象。失去的桐花化作藤花再生。此句所说的"月亮尚未放光辉",意

四季之花

为天空尚未完全暗下来，月亮尚未放射出光芒。描写浮现在傍晚微光中的新月和垂穗藤花。

此花名紫草，僧侣喜爱它。

窪田鳟多路（收于《沙中金》）

"野地嫩草通紫根，何时摘取手中看？"紫上是藤壶的侄女，正如源氏歌中所说，10岁时就被源氏强行收纳。紫草的根是紫色的染料。源氏憧憬桐花、渴望藤花，最终得到紫色的源泉紫草。此句吟咏栽培紫草的一个僧侣。这个僧侣如一道黑影。

醉颜摇葵叶，芳醇飘酒香。

去来（收于《有矶海》）

源氏的妻子葵上在观看葵祭时羞辱六条御息所，后被六条御息所的魂灵附身死去。此句作于元禄七年（1694），描写插在祭祀人头上的贺茂葵的嫩叶在喝酒酡颜的人面前摇晃。此句前言云"拜见断绝已久之祭"。葵祭在战国中期断绝，约 200 年后恢复。

红花虽枯萎，红色却不褪。
加藤知世子（收于《朱鹭》）

源氏对外貌并不出色的末摘花，也因为深感其心灵善美而优厚待遇。这与他平时的好色不同。此句说鲜艳的红花会褪色，但枯透的红花不会褪色。也可以理解为历经岁月才能看透的世间万象。作者是加藤楸邨的夫人。

文学之花

奥州小道 I

此时在家当入睡，月和胡枝子。

上田五千石（收于《琥珀》）

芭蕉在越后西面的市振住宿，邻屋是从新潟前往伊势参拜的两个妓女。

借宿一家共妓女，月和胡枝子。（芭蕉）

这是《奥州小道》中唯一艳遇的场景。芭蕉俳谐之妙在于一个"和"字。可以理解为月光照射在旅馆四周的胡枝子上，也可以理解为两个妓女如月光和胡枝子，甚至可以理解为妓女名叫月和胡枝子。如果改为"月并胡枝子"，就无法如此得心应手地自在变化。

五千石的俳句是说一边欣赏月色下院子里的胡枝子，一边心想今晚住宿旅馆，但如果在家里的话，这时候该入睡了。从字面上看，简单浅显，其实不然，他想到妻子此时大概正准备睡觉吧。文字里包含着宁静而亲切的思念。大概是想念留在家里的妻子、孩子而无法入眠吧。

五千石的俳句直接引用芭蕉的"月和胡枝子"，转化为思念身在家乡的妻子的作品。

溲疏白花开,日暮小道落山谷。

白田亚浪(收于《旅人》)

曾良有俳句云"且插溲疏作饰花,权当盛装过关隘"。芭蕉和曾良过白河关时,正逢溲疏花盛开。《奥州小道》说这一带"遍地溲疏白洁,兼以野花缭乱",想起源义经自尽。[1]亚浪此句说夕暮时分,下到山谷的道路上一片盛开的溲疏花。"落"的用法简洁大胆。

杜鹃听啼鸣,五尺菖蒲草。

芭蕉(收于《葛松原》)

芭蕉有句云:"藏青鞋带似菖蒲,系于双脚登旅途。"芭蕉逗留仙台是在端午节前后,是对别人赠送草鞋表示感谢。此句是《古今集》中的"杜鹃听啼

---

[1] 白河关是奥州三关的第一关。源义经在奥州平原兵败自尽。增尾十郎兼房是源义经的老臣,满头白发,拼死奋战,见义经夫妻自刃后,自尽殉死。溲疏花白,曾良见此,想起兼房的苍苍白发。

四季之花

鸣，五月茂盛菖蒲草，爱恋失寸心"的俳谐变调。将"五月"改为"五尺"。"菖蒲草"是属于天南星科的菖蒲，不是溪荪。

红花妆嫩肌，终为谁家女？

芭蕉（收于《西华集》）

芭蕉有句云："姣妍红粉花开盛，犹忆佳人刷眉妆。"这是在红花产地尾花泽吟咏的俳句。当地款待芭蕉的是经营红花批发而致富的商人铃木清风。此句是说红花虽有刺，但提取的红粉十分细腻，最终给什么样的女子化妆呢？这两首俳句都隐藏着美女的面影。但此句是否为芭蕉所作，尚待考证。

沙罗紧包裹，妖艳合欢花。

支考（收于《继尾集》）

芭蕉有句云："象潟绰约姿，雨里合欢似西施。"芭蕉将合欢花与西施的侧面重叠在一起，其门生支考则把合欢花比作身裹沙罗薄衣的妖艳美女。沙罗极薄，几乎透明，是绢、麻、棉的织物。合欢花裹上淡红的面纱的确别有一番风味。

良宵我庭院，芒草如潮涌。

松本孝（收于《野守》）

芭蕉有句云："小松名可爱，秋风起伏吹小松，芒草胡枝子。"这是芭蕉在加贺小松吟咏的俳句。在名叫小松这个城镇，芒草和胡枝子在秋风中摇曳。松本孝的俳句描写中秋明月夜，庭院里的芒草如潮水涌动。芭蕉在《奥州小道》途中，中秋夜不巧遇雨，留下俳句"来赏中秋月，北国阴晴不可知"。

文学之花

奥州小道 Ⅱ

此行未可知，即使野曝亦选择，遍地胡枝子。

曾良（收于《奥州小道》）

芭蕉为什么挑选曾良作为自己《奥州小道》的旅伴呢？这是大问题，也是简单的问题。只要思考一下如果是自己长途旅行要挑选什么样的人做旅伴，这个问题就迎刃而解。

首要条件是此人不能成为自己的负担，因为需要身体健康，腿脚健步。更重要的也许是此人与自己长期朝夕相处而不会碍事。另外还要少言寡语，不能多嘴多舌，再加上善于安排日程以及管理旅费支出。

曾良的人品符合上述条件，这从他的俳句就可以证明。曾良的所有俳句都是直抒胸臆。换言之，没有隐晦复杂的吟咏表现。也可以说，他不能拐弯抹角。曾良作为旅伴是一个忠诚老实的人。

此句是曾良因在加贺山中温泉泻肚先行去亲戚家时的吟咏。不论我在什么地方倒下，现在正是胡枝子花盛开的时候。我也和老师一样，听天由命。

他的俳句自上而下一气呵成，生动地体现出曾良的为人。

芳名叫"阿重"，可爱小女娃。

若将瞿麦比，重瓣瞿麦花。

曾良（收于《奥州小道》）

去那须野时，有两个孩子把马借给自己，他们却在马后奔跑。曾良问其名字，其中女童回答说"阿重"。这是曾良因其名感兴而吟。老师，"阿重"这名字，难道不就是这原野上绽开的重瓣瞿麦花吗？此句也如曾良个性，直抒情感。

且插溲疏作饰花，权当盛装过关隘。

曾良（同上）

《奥州小道》里吟咏溲疏的俳句有两首，分别创作于白河关和平泉，都是曾良的作品。白河关是奥州的入口。据说古人过此关要整衣正冠，但是我头发上装饰着溲疏花，当作盛装而过关。新绿中的白色溲疏花，印象鲜明。在平泉创作的俳句是"遍地溲疏花，若见兼房苍白发"。

四季之花

刷眉面影红粉花。

芭蕉（同上）

"面影"一般用于描写人。如《源氏物语》中说紫上有藤壶女御的面影。但这里用来描写红花，营造优雅和情趣的气氛。刷眉是把沾在眉毛上的白粉刷下来的刷子，而红花的形状与这种刷子十分相似。在山形的尾花泽吟咏。

象潟绰约姿，雨里合欢似西施。

芭蕉（同上）

象潟如今是一片辽阔的水田，过去曾是海湾。岸边大概有合欢树。"雨里合欢似西施"，说的是雨水濡湿的合欢花如西施般婀娜多姿。西施是吴王夫差宠爱的绝代美女。据说稍一蹙眉，那种妩媚娇艳简直无法形容。

潮退沙滩小贝间,混杂胡枝子碎瓣。

芭蕉(同上)

这是在敦贺的色滨的吟咏。色滨自古就以"红小贝"而著称。这是一种淡红色的小贝壳。退潮后,沙滩上有很多小贝壳。其间混杂着胡枝子的红色碎瓣。实际上也许并没有胡枝子花,但觉得其间有"红色碎瓣"。这就是俳谐的风雅。

后记
花与俳句

花与俳句深有渊源。

自古以来，日本就有插花这种游艺。现在分为各种流派，其实原型就是在山野或庭院切下花枝插在器皿里。大概在绳文、弥生时代乃至以前，从人类诞生时候开始就一直是人们的爱好。

这个从远古延续下来的"插花"的基本要素有两个，一个是切，一个是活。然而，"切"与"活"这两个基本要素是相矛盾的。

在山野、庭院里切花。切花就是切断花的生命。花离开根、茎，进而离开大地，就丧失其生命力的源泉，之后仅仅依靠些许的枝茎、几片叶子和花瓣活下去。这对花来说，无异于宣布死亡。可为什么要称之为"生花",即让花活下去呢?

　　这里存在一个巨大的悖论。切花的人认为,要让花充分活着,就必须切花。因为自然状态的花,山野、庭院里的花活得不充实。它们也许是樱树、红瞿麦、芒草,但不是花。

　　那么,什么是花?所谓花,就是樱树、红瞿麦、芒草等各个草木所具有的"华美"的东西。我在学校里教授古典文学,说"花就是樱",其实花与樱有着微妙的差异。将所有植物的"华美"最丰富饱满地体现的就是樱花,所以单纯地教给大家"花就是樱"。

　　想起各种事,眼前有樱花。(芭蕉)

　　芭蕉观赏樱花,回想起年轻时候的各种事情。为什么不是牡丹,不是桔梗,而是樱花呢?如果不承认樱花才真正是最"华美的花",就不会产生回忆。这个意义上的花也用于植物以外的事物。"华年"往往用来表示一个国家、一个人最华美的时代。

　　花色渐次消,泪痕满脸任雨浇,身世教谁怜。(小野小町)

　　小野小町这首和歌中的"花色",既是樱花也是自身的美色。通过樱花感叹自己的色衰。

　　为了最大限度地存活草木所具有的"华美的东西"，就必须切除樱树、红瞿麦、芒草。就是说，通过切除，树、红瞿麦、芒草就重生为花。切除是草木变成花所无法避免的仪式。通过切除存活花卉的"生花"不是还隐藏着如此圣礼吗？

　　俳句是切除语言的文艺。不仅是"や"、"かな"、"けり"这些切字，还使用各种方法切除语言。这称为"切れ"。为什么要切除呢？就是切断"理"而制造"间"，通过"间"凸显语言。就是让语言活起来。与生花一样，俳句也是通过"切"产生"活"这个充满矛盾的思想在发挥作用。

　　写到这里，我想起来"ことば（词）"这个词是与植物相关的。"ことば"是"ことの葉"，是从事物中产生的叶子。换言之，古代日本人认为"言葉"与草木的叶子属于同一类。

　　"葉（は）"是"端（は）"，意为"先端"，所以应该也与"はな（花）"的"は"相通。"はな"这个词也是"先端"的意思。面部的先端是"はな

四季之花

后记 花与俳句

（鼻）",正如"最初"也叫"はな"。

日本列岛处在地球的温带,春夏秋冬,四季花开。人们时而切下这些花装饰自己,时而通过"ことのは（语言）"的"うた（歌）"吟咏生活。在这"うた"的发展过程中诞生了俳句。

近世以来,俳人留下数量庞大的吟咏花的俳句。樱花开放也好,堇菜开花也好,都会吟咏,仿佛已经成为自然而然的现象。

然而,想到花与俳句的因缘,俳句吟咏花也是一种奇迹,山野之花与人的语言的相会犹如两个失散多年后各自长大成人的兄弟相逢一样的奇迹。